KB235601

쥬제페,
사로잡힌 남자 이야기

이시이 신지 지음 | 서혜영 옮김

Publishing
다우

이시이 신지 지음 / 서혜영 옮김

초판 1쇄 발행   2002. 11. 30.
초판 3쇄 발행   2007. 2. 5.

발행인/고용석
발행처/다우출판사
편집/남미은
등록번호/제03-01192호
등록일자/1999. 7. 15.

서울시 용산구 청파2가 71-14 3층
대표전화/02-701-3443
팩스/02-701-3442
E-mail/onbook@korea.com/yesbook@chollian.net

"뭔가에 진심으로 사로잡히는 건 말야. 다들 말하는 것만
큼 그렇게 어리석기만 한 짓은 아니란 생각이 들어."

처음 뵙겠습니다. 이시이 신지라고 합니다. 제가 쓴 글이 한국어라는 아름다운 언어로 여러 분과 만나게 되다니, 정말 꿈만 같습니다.

제 소설은 일본에서 매우 보기 드문 종류로 받아들여지는 것 같습니다. "현대의 사회문제를 날카롭게 파헤친다"든가 "현대인의 마음의 상처를 분명하게 드러내는 것" 등과는 전혀 동떨어진 정체불명의 이야기뿐이기 때문입니다. 예를 들어 동물과 대화를 할 수 있다고 믿어버린 소년. 하늘에서 쥐가 무수히 쏟아져 내리는 항구 도시. 이름을 부르면 "야아옹" 하고 노래하는 고양이 소년이 있는 시골의 취주악단. 제 자신이 스스로 쓴 작품이면서도, 이런 것들이 도대체 이 세상 어디에 있다는 거야, 라는 말이 저절로 나옵니다. 어쩌면 비현실적이라고 비난받아 마땅할지 모르겠습니다.

하지만 제가 어린 시절 정신없이 읽었던 그 책이 바로 현실이었지 않나 하고 생각합니다. 밥 먹어라, 하는 말을 들어도 학교에 갈 시간이 되어도 그저 책 속에 빠져서 정신없이 페이지를 넘깁니다. 이러한 경험은 일본이

든 한국이든 어린이라면 분명 해 봤을 겁니다. 어른이 된 우리들은 그 시절 몰입했던 시간을 쉽게 잊고 맙니다. 다만, 그때의 그 흥분은 틀림없이 가슴 깊은 곳에 작은 숯처럼 계속 타오르고 있을 거라고, 믿습니다.

저는 어른이 된 지금도 그 작은 불빛의 도움을 받아 소설을 씁니다. 처음 '이야기'를 쓴 네 살 반이던 때부터 이 방법은 변함없습니다. 어떤 이야기를 쓰고 싶나요? 하는 질문에, 저는 언제든지 이렇게 대답합니다.

"백 년 전에 이누이트에 살던 아이나 이백 년 후에 아일랜드에 살 할아버지라도, 재미있네, 하고 생각할 이야기!"

사로잡힌 남자는 이렇게 한국의 여러 분께 읽히게 됐습니다. 여러분이, 재미있네, 하고 생각하신다면, 그리고 책 속의 시간에 한순간이라도 몰입할 수 있다면, 그야말로 기쁘기 그지없겠습니다.

이시이 신지

쥬제페,
사로잡힌
남자 이야기

| 차례 |

사로잡힌 남자, 쥬제페

*

사람들은 쥬제페를 '사로잡힌 남자'란 별명으로 부른다. 한번 뭔가에 사로잡히면 다른 것에는 일체 신경을 쓰지 않는데다가 그 사로잡히는 방식이, 정말, 보통이 아니기 때문이다.

가령 재작년에는, 어느 기분 좋은 봄날 아침 갑자기 오페라에 사로잡혔다. 라디오에서 엉터리 오페라 가수가 멍청하게 노래하는 것을 듣던 쥬제페는 갑자기,

"흐-응, 내가 훨씬 잘 할 수 있어."

하면서 스르륵 오페라에 빠져들고 말았다. 그러고 나서는 시도 때도 없이 하루 종일 노래를 입에 달고 살았다.

레스토랑에서 일하는 쥬제페는 손님의 귀에다 대고 계속 노래를 불렀다.

"피자는 안초비, 트랄라! 버섯에 베이컨, 트랄라! 올리브 올리브, 끝으로 치즈를 드~음~뿍! 와우!"

이렇게, 음식을 먹는 귓가에다 대고 큰 소리로 노래를 불러 대니, 손님으로선 참을 수가 없는 일이다. 결국 맛있는 피자를 반 이상 남긴 채 다들 자리를 뜨고 만다.

어느 날 밤 가게문을 닫은 다음 레스토랑 주인이 한숨을 쉬며 말했다.

"잠시 휴가를 줄 테니, 그 버릇이 고쳐지면 다시 가게에 나오라구."

이런 일이 있고 나서도 쥬제페는 달라지지 않았다. 교통사고를 당한 친구 병문안을 가서는 밝은 톤으로 골절 아리아를 부르는 바람에 병원에서 쫓겨나지를 않나, 서슬 퍼런 갱이 보는 앞에서 도박총격전 왈츠를 춰서 반쯤 죽도록 얻어맞지를 않나. 고양이 앞에서 노래하다가도 할퀴이고, 까마귀한테는 쪼이고, 무릎은 개한테 물린 자국투성이, 하루하루가 이런 지경이었다.

그리하여 거리에 사는 사람들 모두가 다 쥬제페의 노래에 익숙해지기 시작할 즈음, 여름도 다 끝나갈 무렵의 어느 저녁나절이었다. 서두를 것 하나 없는 할머니들, 그리고 저녁밥 준비에 바쁜 주부들조차 어? 뭔가 좀 이상하네, 쥬제페의 목소리가 들리질 않아, 하며 의아해했다. 늘 들려오던 그 바보 같은 노랫소리가 아무 데서도 들려오질 않았다. 그때 사람 좋은 정육점 아저씨가, 쥬제페라면 공원 빈터에서 봤지, 암 그렇고 말고, 하며 말을 꺼냈고 다들 줄줄이 늘어서서 쥬제페가 뭐 하나 살피러 갔다.

쥬제페는 분명 거기 있었다. 러닝셔츠에 짧은 바지를 입은 모습으로. 타타탁 종종걸음치며 뛰어가더니 다리를 번갈아 크게 벌려 한 번, 두 번, 세 번! 왼쪽 왼쪽 오른쪽! 뛰어오르기를 몇 번이고 몇 번이고 반복하고 있었다.

"어이 어이."

순간 누군가가 무심코 중얼거렸다.

"뭔지는 몰라도 이번엔 또 다른 것에 사로잡힌 모양이야."

어-이 쥬제페, 사로잡힌 남자, 모두 입을 모아 불렀다. 이번에는 도대체 뭐야? 뭐에 사로잡혔어?

쥬제페는 타올로 연신 땀을 닦으며 말했다.

"저기, 좀 조용히들 해줘. 산만해지거든."

"뭐니뭐니 해도 삼단뛰기는 집중력의 스포츠니까 말야."

쥬제페는 다행히 다음 날부터 직장에 복귀할 수 있었다. 레스토랑으로 향하는 길이며 골목이며를 종종걸음으로 내달리다 홉, 스텝, 점프(hop, step, jump)! 줄자로 기록을 하고는 살짝 혀를 차고 입술을 핥더니, 다시 또 왼쪽 왼쪽 오른쪽! 왼쪽 왼쪽 오른쪽! 삼단뛰기 스텝으로 넓은 길을 껑충껑충, 통행인을 교묘하게 피해 간다. 쥬제페의 삼단뛰기는 지그재그로 나아갈 수 있을 정도이다.

아시는지? 삼단뛰기란 게, 다리를 교대로 내미는 게 아니란 거. 본래 오른발잡이라면 '오른쪽 오른쪽 왼쪽!' 왼발잡이라면 '왼쪽 왼쪽 오른쪽!'의 순서로 뛴다. 그러니까 쥬제페는 왼발잡이인 셈이다.

"어~이 쥬제페, 낙지 스파게티, 나왔어!"

요리사가 주방에서 부르면 쥬제페는 가게 입구에 우두커니 서 있다가도 한 걸음, 두 걸음, 딱 세 걸음 만에 주방으로 달려가서 스파게티 접시를 잡아채고, 정갈한 할머니가 오도

카니 앉아 있는 테이블까지, 역시 껑충껑충 껑~충! 멋지게
세 걸음에 내닫는다. 접시 위의 내용물을 흘리는 일 따위는
물론 단 한 번도 없다. 이거 재미있군, 손님들이 쥬제페의
삼단뛰기 서빙을 보려고 마구 몰려와서 가게는 생각지도 않
게 대성황! 주인의 입도 귀에 걸렸다.

"그런데 말일세, 쥬제페!"

오후 휴식시간에 주인이 밀가루를 날리며 외치자, 밖에서
물을 뿌리고 있던 사로잡힌 남자는 순식간에 주방 한가운데
로 뛰어왔다.

"쥬제페, 한 가지만 물어 보겠는데, 어째서 이번엔 삼단
뛰기 같은 데 사로잡힌 거지?"

"으-응, 이유는 잘 모르겠고요."

쥬제페가 말했다.

"그냥, 어느 날 저녁에 빈터에서, 그러니까, 그게, 메뚜기
를 봤어요."

"메뚜기?"

"네. 메뚜기가 여름을 다 보내고 필사적으로 뛰는 것을
보고 있자니까, 아, 나도 뛰어야지, 하는 마음이 들더라구
요. 그 마음이 그때는 왠지 평소처럼 노래로 나오지를 않고,

몸이 앞으로 앞쪽으로 자연히 움직여 버리지 않겠어요? 맞아요, 어느새 내 몸이 점프를 하고 있었는데, 그 뛰어야지 하는 마음이 딱 세 걸음 만에 찰싹쿵 하고 가슴 저 밑바닥에 자리잡고 만 거예요. 계절도 다 지나가서 이 부근에서는 이제 메뚜기를 볼 수 없지만, 저만이라도 당분간 뛰려고요."

과연 그렇군, 기묘한 얘기이긴 하지만, 하고 주인이 말했다.

"네 마음을 알 것 같은 기분이야. 최대한 멀리 멀리 뛰어보라구."

쥬제페는 싱긋 웃고 크게 숨을 들이쉬더니 홉, 스텝, 점프! 다시 가게 밖 포장도로로 나가서 호스를 집어들었다.

쥬제페의 기록은 날을 거듭할수록 좋아졌다. 자꾸만 높이 높이 뛰어올랐다.

박수갈채를 받으며 주방 입구에서 달려나와, '홉'으로 테이블을 모두 뛰어넘고, '스텝'으로 큰길 건너편까지 건너버리고, 이제 '점프!' 한 번으로 건너편 빌딩의 3층 창에 달라붙었다. 한번 생각해 보시라. 이 넓은 세상에 아침부터 밤까지 이 정도로 열심히 삼단뛰기만을 생각하는, 아니, 실제로 삼단뛰기를 반복해서 하는 사람이, 어디를 찾은들 달리 있을 리 있겠는지. 당연히 기록이 좋아질 수밖에 없지. 그걸 본 어떤 사람이 한 유명한 육상 경기 코치한테 몰래 전화를 했다. 아무도 모르게 피자를 먹으러 온 그 코치는 쥬제페의 삼단뛰기에 말 그대로 혼이 빠져서 콰당 소리가 날 만큼 파이프 의자를 뒤로 나자빠뜨리고 일어나더니 털투성이 주먹을 부들부들 떨었다.

"아니, 이런 일이! 이건 세계신기록감이야!"

노란 치즈가 주루룩 늘어진 채 코치의 아랫입술에 매달려 있었다.

삼단뛰기 시합 지역 예선 날, 텅 빈 스탠드에 거리 사람들 모두가 진을 치고 앉아서 스카프를 흔들기도 하고 발을 구르기도 하면서 제멋대로 환성을 질러 댔다. 코치 뒤를 따라 나온 쥬제페는 조금 긴장한 듯 슬쩍 손을 흔들어 보았다. 확성 마이크에서 쥬제페의 이름이 불리고 "삐익!" 호루라기 소리가 났다. 쥬제페는 입술을 한 번 핥더니 큰 걸음으로 달리기 시작했다. 스탠드에서는 흐드러진 박수소리. 쥬제페는 발판을 발로 차 날려 홉, 스텝, 점프!

거짓말이 아니다, 쥬제페는 시합용 모래밭을 훌쩍 뛰어넘어 버렸다.

첫 시합을 세계신기록으로 우승한 쥬제페는 다음 일요일, 지방대회 결승에 나갔다. 한 번은 플라잉으로 실패했지만, 여기서도 기록을 갱신하고 단연 1등상을 거머쥐었다.

"다음 주는 드디어 전국대회야."

레스토랑에 모인 사람들은 모두 제각기 싱글벙글 웃음을 주체 못 하면서 쥬제페의 엉덩이를 두들겨 주었고, 쥬제페는 그럴 때마다 멋쩍어하며 고개를 숙였다.

"나, 집에 갈게요. 연습이 있어서."

뒷모습을 바라보며, 레스토랑 주인은 그 누구에게랄 것도 없이 중얼거렸다.

"으-응, 다음 주구나. 근데… 괜찮을라나."

하하, 걱정 말아요, 주인장. 모두들 입을 모아 말했다. 그도 그럴 것이 쥬제페의 삼단뛰기는 세계 제일인걸, 안 그래요? 코치, 그렇죠? 암, 그렇고 말고. 털투성이 코치는 우쭐해져서 윙크를 하고 엄지손가락을 불쑥 세워 보였다. 가게에 모인 사람들 모두가 와아 하며 환호성을 터뜨렸다.

하지만, 역시 레스토랑 주인의 걱정은 맞아떨어졌다.

화려한 불꽃이 터지는 전국대회 경기장, 아무리 기다려

도, 그러다가 경기 시간이 그만 끝나 버렸는데도, 쥬제페는 결국 모습을 나타내지 않았다. 코치는 화가 나서 입을 쑥 내밀고 양손을 휙휙 휘두르며 돌아가 버렸지만, 거리 사람들은 모두 서로의 얼굴을 마주보며, "못 말려" 하고 말하며 웃었다. 못 말리고 말고, 쥬제페는 바보같이 이것저것에 잘 사로잡히는 남자가 아닌가.

레스토랑 주인은 깊은 한숨을 내쉬며, 바보 소릴 들어도 싸지, 했다. 그 녀석 굳이 세계 최고가 되고 싶은 게 아니거든, 상금을 탐내는 것도 아니고.

"그냥 그저 뛰어오르고 싶었던 게야, 메뚜기처럼."

실망한 사람들이 주르르 줄을 지어 돌아오던 도중에, 어둑어둑해지는 거리에서 비번인 순경이 이봐, 모두들 정신 바짝 차려, 하고 속삭였다. 누군지 몰라도 우릴 미행하고 있어! 우체국 모퉁이를 돌아선 곳에서 일제히 뒤를 돌아다봤다. 그러자 트렌치 코트에 중절모, 시가를 입에 문 기묘한 행색의 남자가 홀연히 모습을 드러낸다.

"뭐~야, 쥬제페잖아."

김빠진 요리사가 말했다.

금세 모두 다 이봐, 쥬제페, 사로잡힌 남자, 하고 소리를 모았다. 이번에는 뭐야? 도대체 뭐에 사로잡혔나?

"쉿, 조용히!"

쥬제페는 입술에 손가락을 갖다 댔다.

"다들 앞에 가는 저 달랑한 바지에 가로줄무늬 셔츠를 입은 뚱땡이를 보라구. 지명수배중인 악당이야. 아무래도 가까이에 부하들이 있는 것 같아. 다행히 아지트를 찾아내기만 하면……."

쥬제페가 순경을 향해서 눈짓을 하며 말한다.

"전화하지, 반장. 공은 당신이 세운 걸로 해 주겠어. 나한테 하나 빚진 거야."

쥬제페가, 거리 사람이라면 누구나 알고 있는 저, 사람 좋은 정육점 주인을 뒤쫓아 발자국 소리도 내지 않고 사라진 다음, 다들 어처구니없다는 듯 이렇게 중얼거렸다.

"아이구, 이번에는 탐정놀이인가 보네!"

*

탐정놀이에 사로잡혔던 것은 결국 작년 겨울까지였으니까 비교적 짧았다. 하지만 그 짧은 기간 동안에 다른 지방이나 심지어는 외국의 탐정 매니아나 진짜 탐정들하고 아는 사이가 되어 몇몇 사건을 실제로 해결하기까지 했다. 물론 명예훼손이니 빈집털이니 하고 오해를 받아 유치장에 갇힌 횟수가 훨씬 많긴 했지만.

그러고 나서 눈이 녹을 때까지는 곤충채집에 사로잡혔다. 곤충표본을 만들고 관찰하는 데 빠져서 레스토랑에는 늘 지각이었다.

레스토랑에서 목이 잘리기 직전, 다행히도 그 다음에 사로잡힌 것은 아마도 외국어 통신교육이었다지. 그때부터 쥬제페는 지금 몇 시냐, 배가 고프냐, 하는 따위의 말들을 열다섯 종류나 되는 외국어로 물어 볼 수 있게 되었다. 덕분에 레스토랑은 외국에서 오는 새로운 손님으로 북적거렸다. 주인은 한편으로는 기쁘면서도, 쥬제페가 열다섯 나라 말을 배우는 데서 그쳐 준 것에 안도의 한숨을 내쉬었단다. 왜냐고? 외국어 메뉴판이 나날이 두꺼워져서, 그대로 가다가는 그해 여름이면 사전처럼 될 판이었으니까.

그 다음에 사로잡힌 것은 수수께끼. 그 다음에는 카메라 수집. 그 다음에는,

조개줍기.

조개껍질이랑 자갈에 광내는 일.

외줄타기.

복근운동.

그 다음엔 무슨 바람이 불었는지 선글라스를 모으기 시작
했다. 거리를 오가는 사람들 속에서 선글라스를 발견하면
한 손에 피자를 든 채로 달려가서, 저한테 넘겨 주세요. 무
엇이든지 드리겠습니다, 그렇게 말하는 거였다. 그렇게 모
은 선글라스는 몇 백개가 넘었다. 하지만 정작 쥬제페 자신
은 선글라스를 쓰지 않았다.

태풍의 계절에는 땅콩던지기. 구름이 흘러가는 하늘을 향
해 높이 높─이 땅콩을 던지고 입을 벌려 받아 먹는 거다. 아
마 최고 기록은 한 번에 다섯 개를 던져 받아 먹은 걸 거다.
거리의 아이들이 모두 따라 하다 보니 비둘기들이 사방에서
무리를 지어 몰려들었다. 부인들은 빗자루를 머리 위로 치
켜들고 소리소리 지르며 비둘기와 쥬제페를 위협했다.

쓰고 난 봉투 수집.

유리공예.

아무도 본 적이 없을 정도로 커다란 눈사람 만들기.

눈 조각.

경보(競步).

언젠가는 글쎄 레스토랑 구석에 꼼짝 않고 서 있었다. 저 녀석 또 뭘 하는 거지? 주방장도 손님도 흘끗흘끗 훔쳐보는데, 갑자기 입에 거품을 물고 쓰러져 버렸다. 숨을 멈추고 얼마나 오래 있을 수 있는지 재고 있었던 거란다. 앰뷸런스를 몰고 온 구급대원이 그를 내려다보며 웃음을 참지 못했다.

이런 식으로 쥬제페가 새로운 뭔가에 손을 댈 때마다, 다들 얼굴을 마주보며 늘 그렇듯 쓴웃음을 지었다. 도리 없군, 바보 같은, 사로잡힌 남자.

"어~이 쥬제페, 사로잡힌 남자!"

조롱하는 목소리가 가게에 공원에 온 거리에 퍼져 나간다.

"이번에는 뭐지? 도대체 뭐에 사로잡혔지?"

그래, 빼 놓아서는 안 되지, 새앙쥐 사육이 있었다. 골판지 상자에 새하얀 순면을 깔고, 전기 담요도 깔고, 그 위에다 새앙쥐를 키웠다. 사료도 레스토랑의 재료를 아낌없이 써서 만든 사치스런 일품요리였다.

한 쌍의 새앙쥐는 쑥쑥 커서 기관총을 발사하듯이 새끼를

낳았다. 새앙쥐의 새하얀 작은 등은 어느 것 하나 가릴 것 없이 반짝반짝 윤이 났다. 쥬제페는 한 마리씩 손바닥에 올려놓고 물에 탄 사료를 먹이면서 찌-익 찌-익 하며 부드럽게 말을 건넨다. 밤에는 바닥에 몸을 둥글게 구부리고 누워서 품안에서 오물거리는 어린 쥐들을 위해 자장가를 불러주었다. 그것도 발가벗고 말이지. 온몸의 털은 일부러 하얗게 물들였다. 그때의 쥬제페는 사람 같지가 않았다, 마치 쥐가 되어 버린 것 같았다. 쥬제페는 마룻바닥을 하얗게 가득 채우며 넘실거리는 쥐들 속에 완전히 녹아들어 갔다.

어미 쥐가 샘을 낸 게 아닌가 싶다. 아니면, 쥐인지 사람인지 알 수 없는 주인이 이제 더 이상 참을 수 없을 정도로 기분이 나빠졌는지도 모르겠다.

어느 겨울날 아침, 쥬제페는 추워서 눈을 떴다. 일어나 앉으며 주위를 둘러보니, 쥐들이 싹 없어진 거다. 여기 저기 이빨로 긁어 놓은 흔적이 보인다. 쥬제페는 벌떡 일어서서 담요를 어깨에 걸쳤다. 그리고, 조용히 울음을 삼키며 구멍투성이 골판지랑 사료통 따위를 치우기 시작했다.

그때였다. 벗어 놓은 스웨터 밑에서 조그만 새앙쥐가 한

마리 뛰쳐나왔다. 쥬제페는 얼른 몸을 쥐처럼 웅크리고 마
치 기도라도 하듯이,

　"찌-익 찌-익."
하고 말을 걸었다.

　"찌-익 찌-익."

　그러자 정말 놀랍게도,

　"난, 쥐 울음소리가 아니라도 알아들어."
하고 새앙쥐가 대답을 한다.

　"날 내버려 두고 가 버렸어. 아빠랑 엄만 날 데려가고 싶
지 않았나 봐. 아아, 배고파. 나 여기 살아도 돼?"

　"으응, 물론이지."

　쥬제페가 말했다. 물론 되고 말고, 몇 번이나 거듭해서 고
개를 끄덕인 다음에 사료를 탈 더운물을 끓이기 위해서 부
엌으로 달려갔다.

　그렇게 해서 쥬제페는 지금, 말을 할 줄 아
는 새앙쥐랑 함께 살고 있다. 말을 할
수 있을 뿐 아니라, 이 쥐에게는 여러
가지 별난 구석이 있는데, 밥은 이쑤
시개로 잘게 썰어서 먹고, 목욕을 할 때

면 비누조각을 앞발로 쥐고 온몸에 정성껏 거품을 낸다. 게다가 줄로 매일 밤 앞니도 닦는다.

"엄마는 엄청 많이 낳았는걸."

새앙쥐가 말했다.

"그러니 그 중 한 마리 정도 변종이 들어 있은들, 신기할 것 없어."

뭐, 그렇긴 해. 쥬제페는 요즘 들어 새로이 사로잡힌 베이스 클라리넷을 만지작거리면서 생각했다. 쥬제페는 아직 리드를 제대로 조정하지 못한다.

새앙쥐는 언젠가 이런 말도 했다.

"너는 사로잡힌 남자라고 불린다면서?"

"그래."

"거리 사람들이 다들 재미있어한다던데."

"그런 것 같아."

쥬제페는 건성으로 대답했다. 의자에 반쯤 걸터앉아 바늘을 한땀 한땀 뜨면서. 이때는 자수에 사로잡혀 있었다.

"자, 이것 좀 봐! 어서. 셔츠 등판에 항구가 완성됐어!"

흥분한 쥬제페가 그 괴상망측한 셔츠를 펼쳐 보이자, 새앙쥐는 감동한 듯 여러 번 고개를 끄덕이고,

"뭔가에 진심으로 사로잡히는 건 말야, 다들 말하는 것만큼 그렇게 어리석기만 한 짓은 아니란 생각이 들어."

하고 말했다.

"그래?"

"응"

새앙쥐는 계속해서 말했다.

"물론, 그렇게 해서 하는 일들이 대부분은 시간 낭비에 우스운 짓들이지. 그래도 네가 진심으로 계속한다면 언젠가는 예기치 못한 데서 보람을 느낄지도 모르잖아?"

"그래? 옆으로 좀 몸을 돌려 줄래? 꼬리 모양이 안 보여."

쥬제페는 역시 동문서답이다.

"항구 창고에다가 쥐 모양을 수 놓을 거거든."

새앙쥐는 어깨를 움츠리고 웃었다. 그리고 바로 자세를 바꿔서 모양 좋은 꼬리를 스르륵 마루에 늘어뜨려 주었다.

순수 소녀, 페치카

*

그 일은 어느 가을, 날씨 좋은 월요일에 일어났다.

레스토랑이 쉬는 날이라 쥬제페는 공원에 산책하러 가기로 했다. 부엌으로 가서 야채에 햄, 드레싱, 가늘고 길고 딱딱한 빵에, 칼은 번쩍번쩍 방금 간 것으로 준비한다. 집을 나설 때는 벌써 정오가 훨씬 지난 시각. 이미 알아챘겠지만, 쥬제페가 이즈음에 사로잡힌 것은 '길고 두터운 샌드위치 만들기'이다.

륙색 틈새로 뾰죽 튀어나온 빵 끝부분을, 지나가는 비둘기랑 참새가 콕콕 쪼아대서 순식간에 속살이 허옇게 드러난다. 공원 잔디에는 햇볕이 쨍쨍 내리쬐고, 많은 사람들이 오후 산책을 즐기고 있다.

"자, 나오렴."

쥬제페가 웃옷 주머니에 손을 넣고 뒤지니까 새앙쥐가 손목에 달라붙어서 밖으로 나오더니 휘익 벤치로 뛰어내린다. 네발로 바닥을 짚고 등을 쭈욱 펴자 부드러운 털이 일제히 거꾸로 서면서 그 등줄기로 해가 내리꽂힌다. 새앙쥐는 그대로 가을바람에 날려서 하늘 높이 날아올라가 버릴 것만 같다.

쥬제페는 륙색을 내려놓았다.

"자, 그럼, 샌드위치, 샌드위치."

"샌드위치, 샌드위치."

새앙쥐도 장단을 맞춘다. 빵이 벌써 반 쯤은 새모이가 되었다 해도 상관없다, 어쨌든 그건 사로잡힌 남자가 만든 샌드위치니까. 새앙쥐는 벤치 위에서 버릇없이 코를 킁킁거리며 자기 앞에 주욱 늘어놓여질 햄, 양상치, 치즈에 풋강낭콩 따위의 그 사치스런 음식을 들뜬 기분으로 기다렸다.

어? 쥬제페, 무슨 일이야?

"샌드위치, 샌드위치."

새앙쥐는 다시 중얼거려 본다. 이상하다. 응답이 없다.

새앙쥐는 위를 올려다봤다. 쥬제페는 양손으로 샌드위치를 쥐고 앞을 바라본 채 꼼짝도 하지 않고 있다. 빵 사이에 정성껏 채운 내용물이 주루룩 풀 위로 떨어지기 시작한다. 새앙쥐는 움찔 짚이는 데가 있어서, 재빨리 쥬제페의 어깨로 조르르 달려올라갔다.

이 공원은 엄청 큰 분수로 유명하다. 대리석 수반(水盤)을 빙 둘러서 하마니 사슴이니 사자니 코끼리니 하는 동물들의 얼굴이 조각되어 있고, 그 입에서 졸졸졸 맑은 물이 흘러나온다. 그 중 하나인 사슴의 목에 한 소녀가 기대 서 있다. 그 풍선팔이 소녀가 물통 뚜껑을 열려고 애를 쓰는데, 좀처럼 열리지 않는다. 풍선은 자전거 짐칸에 묶여 있다. 삐쩍 마른, 하지만 예쁜 소녀다. 특별히 멋을 부린 것은 아니지만, 그래도 보는 것만으로도 왠지 기분 좋아지게 만드는 노란 원피스를 입고 있다.

뻑! 겨우 물통 뚜껑이 열렸을 때, 쥬제페는 벤치에서 벌떡 일어났다. 어깨에서 미끄러질 뻔한 새앙쥐는 자기도 모르게,

"으아악!"

하고 소리를 질렀다.

그 소리 탓인지 어떤지는 모른다. 소녀는 벤치의 쥬제페에게 눈길을 주고는, 물통을 흔들면서 생긋 웃었다. 쥬제페는 너덜너덜해진 빵을 자동인형처럼 머리 위로 들어올려 흔들흔들 움직였다. 마치 메트로놈(metronome) 같다.

손으로 입을 가리고는 웃음을 억지로 참던 그 소녀가 가버린 뒤에도 쥬제페의 머리 위에서는 흉측한 샌드위치의 잔해가 여전히 툭툭 떨어지고 있었다. 올리브에다 참치, 직접 만든 마요네즈 소스가 뒤섞인 소시지까지. 쥬제페의 어깨 위에서 엉겁결에 토마토 조각을 받아 든 새앙쥐는,

"사로잡혀 버렸구나, 너."

하고 말하고는, 치즈를 꿀꺽 삼키고 이렇게 덧붙였다.

"완전히."

분수의 사슴도 칠칠치 못하게 입을 벌린 채 벙긋벙긋 웃고 있다.

*

화요일, 레스토랑 주인은 난처하기 짝이 없었다. 이렇게 도움이 안 되는 쥬제페는 정말 처음이다. 손님의 주문을 못 알아듣질 않나, 손님 가방에 부딪히질 않나, 요리 접시는 위

아래를 잘못 겹쳐 들고 가져가질 않나, 거스름돈으로 계산
대의 돈을 다 내주질 않나.

게다가 한술 더 떠서,

"뭐에 사로잡힌 거야, 응? 쥬제페?"

하고 아무리 물어 보아도, 하아, 후우, 한숨만 내쉴 뿐 전혀
말을 하려 들지 않는다. 이런 일은 지금까지 한번도 없었다.
결국 늘 그랬듯이 쥬제페에게 긴 휴가를 선언했다. 휘청휘
청 밤거리를 헤매듯이 걸어가는 쥬제페를 배웅하면서, 레스
토랑 주인은 문득 생각했다고 한다. '저 녀석, 이번에는 돌
아오지 않을지도 몰라, 그게 좋은 건지 나쁜 건지 지금으로
선 알 수가 없네.'

다음 날부터 쥬제페는 집과 공원을 수시로 왕복했
다. 그런데 소녀는 좀처럼 나타나지 않았다. 어쩌면,
하고 쥬제페는 생각했다. 그녀가 풍선을 파는 곳은
공원이 아닐지도 모르잖아. 이 부근에서 달리 아이들
이 많이 모일 곳이라면…….

"그래, 동물원! 거리 반대편에 있는."

마침 소풍철이어서, 오래 된 동물원 입

구는 초등학생이랑 유치원생으로 복잡하기가 이루 말할 수 없을 지경이었다. 웅웅 나지막한 곰 울음소리가 정문까지 들려온다. 주머니 속에서 새앙쥐가 부르르 떨었다.

"으으, 싫어. 이런 곳은 나하고 안 맞는다구."

그래도 쥬제페, 사로잡힌 남자의 예감은 적중했다. 표 파는 곳 옆에서 형형색색의 풍선이 과일처럼 바람에 흔들리는 것이 보였다. 쥬제페는 몸을 잔뜩 웅크리고는 와글와글 시끄러운 아이들 사이를 헤치며 풍선 쪽으로 다가갔다. 드디어 한 무리의 사람들 건너로 풍선팔이 소녀의 모습이 보였다. 바로 그 소녀였다.

"줄 맞춰 서야지!"

초등학교 선생님이 갈라진 목소리로 외친다.

"이래 가지고는, 동물원에 못 들어가!"

아직 젊은 여선생님이었지만, 소리를 질러 대는 폼이 베테랑 같다.

풍선은 별로 팔리지 않는 듯했다. 초등학생들이 힐끗힐끗 소녀를 쳐다보는 게 마치 값을 매기기라도 하겠다는 표정이다. 선생님의 목소리가 커지자 동물의 울음소리도 크아아 크아아 커져 가고, 아이들의 소란도 그에 따라 더욱 시끄러워진다. 선생님은 더 이상 참지 못하고 호루라기를 입에 물었다.

"삐-잇, 삐-잇!"

이를 어쩐담, 입장하라는 신호로 잘못 알아들은 아이들이 큰 파도처럼 일제히 표 끊는 장소로 몰려든다. 아이들의 파도는 순식간에 소녀를 집어삼켜 버렸다. 소녀는 뱅글뱅글 돌다가 그만 손에 쥐고 있던 풍선을 놓치고 말았다. 갖가지 색깔의 풍선이 제각각 하늘로 날아올라 갔다.

삐-잇, 삐-잇!

호루라기 소리.

삐--잇!

쥬제페는 망설이지 않았다. 도움닫기를 할 새도 없이 아이들 사이를 홉, 홉, 스텝, 점프! 홉, 홉, 스텝, 점프! 뛰어오를 때마다 풍선을 하나씩 잡아서 땅 위로 내려섰다. 홉, 홉, 스텝, 점프! 그의 특기인 저 지그재그 왼발잡이 삼단뛰기였다. 아무리 멀리 날아올라간 풍선이라도 세계 최고의 삼단뛰기 선수한테서 도망칠 수는 없다.

홉, 홉, 스텝, 점프!

홉, 홉, 스텝, 점프!

쥬제페는 드디어 혼이 나가서 조용해진 아이들 한가운데로 마지막 풍선을 잡고 내려서더니, 한 번 더 엄청 높이 도약을 해 보였다. 그리고, 정확하게 소녀의 눈앞에 내려서서 잡아 낸 풍선다발을 머뭇머뭇 내밀었다.

새앙쥐에게 옆구리를 꼬집히고 나서야 겨우,

"저, 저는, 쥬제펩니다."

목구멍에 쥐라도 난 듯한 목소리로 말했다.

소녀는 풍선을 받아 들고 생긋 웃었다. 그것은 새앙쥐가 보아도 반해 버릴 미소였다.

"저, 페치카,입니다."

쥬제페는 얼굴을 들지 못한다. 새앙쥐는 있는 힘껏 쥬제페의 옆구리를 걷어찼다. 그래도 얼굴을 들지 않는다. 그러기는커녕 아주 빠른 말로, 저, 일을 방해해서, 저 정말, 죄송합니다, 따위 재미없는 말을 중얼거리나 싶더니 빙그르르 뒤돌아서 초등학생들을 톡톡 발로 차면서 쓱쓱, 어느새 그 자리에서 도망치고 있다.

"바보, 쥬제페, 이 바보 같으니라구!"

주머니 속에서 새앙쥐가 난리를 친다.

"차라도 마시러 가자고 해 봐. 이런 찬스를 놓쳐 버리다니!"

"미안. 심장이 목구멍으로 튀어나올 것만 같아서, 그만."

쥬제페는 빠른 걸음으로 걸으며 숨이 턱까지 차서,

"튀어나오려던 심장이 이번에는 엉덩이까지 쑥 내려가고 말았어. 숨을 못 쉬겠어."

하며, 주차장 구석에 있는 화장실로 뛰어들었다. 그곳에서 쥬제페는 눈을 감고 겨우겨우 쿵쾅거리는 심장을 진정시켰다. 어느 정도 마음이 가라앉자 두 번, 세 번, 동물원 쪽으로 되돌아가려고도 해 보았다. 하지만 역시 안 돼, 앞으로 나아갈 수가 없다.

화장실 안쪽에서 아줌마 거지가 별 이상스런 사람을 다 보겠다는 눈초리로 쳐다본다.

쥬제페는 주머니에서 새앙쥐를 꺼내어, 충혈된 눈으로 가만히 내려다본다. 새앙쥐는 쥬제페가 무슨 말을 하려는지 이미 알고 있었다.

"알았어."

입 밖에 내서 말해 주었다. 약간 쓴웃음을 지은 채로.

"잘 알았으니까, 이따가 저녁밥으로는 레스토랑에서 특

제 피자를 시켜 줘."

이런 말을 남기고 새앙쥐는 풍선팔이 소녀, 페치카가 있던 표 파는 곳을 향해 단숨에 달려갔다.

그날 저녁, 쥬제페, 사로잡힌 남자는 좁은 방을 왔다갔다하며 초조해한다. 여러 가지 수집품을 담은 상자가 쿵, 투둑, 떨어진다. 쥬제페는 어조를 바꾸거나 음색을 바꿔 가면서 그녀의 이름을 거듭거듭 불러 보았다. 높게, 페치카! 속삭이듯이, 페치카……. 한 글자씩 페, 치, 카!

입 밖에 내어 말할 때마다 뱃속 깊은 곳에서 후욱, 한숨도 짓는다.

이름을 천 번은 불렀을까, 찌익찌익 문을 긁는 소리가 들렸다. 쥬제페가 튕겨나가듯 문으로 달려가 손잡이를 잡아당기자, 빨간 발판 위에 새앙쥐가 서 있다.

"찾아 냈어?"

"허둥대지 말라니까."

새앙쥐는 연극 배우처럼 꼬리를 세우더니, 세면대로 달려 올라가 앞발을 씻었다. 쥬제페가 건네 주는 종이냅킨으로 정성껏 물기를 닦고 순면 솜이 폭신하게 깔린 성냥갑에 짐짓 거드름을 피우며 걸터앉았다. 평소보다 괜스레 더 느릿

느릿 부자연스런 동작이었지만, 사로잡힌 남자 쥬제페는 그런 것은 알아차리지도 못하고 그저 초조하게 새앙쥐의 말을 기다리고 있다.

새앙쥐는 가볍게 기침을 한 다음,

"그 앤 동쪽에 있는 외국에서 배를 타고 왔어. 3년 전의 일이지."

하고 이야기를 시작했다.

"지금은 혼자 자취를 해. 공원 건너 벽돌집에 살아. 어머니가 어딘가에 있는 것 같은데, 뭘 하는지는 모르겠어. 아직 여기 말이 익숙하지 않아서 친구도 잘 사귀지 못하나 봐. 그래서 밤이 되면 방에서 키우는 잉꼬한테 여러 가지 이야기를 하지."

새앙쥐가 전해 준 이야기는 이랬다.

"잉꼬?"

"그래, 바보 같은 잉꼬가 있어. 내 질문에 핀트도 안 맞는 대답만 해 대고, 그래서 이렇게 늦어 버렸어. 피자는 시켰어?"

"물론. 이제 곧 올 거야."

"그거, 고맙군. 잉꼬랑 얘길 하려면 체력이 필요해. 페치카는 틀림없이 좋은 애야. 새앙쥐인 나한테 사과를 줬어. 그게, 물론 먹다 남은 꼭지 부분이긴 했지만, 그래도 쥐를 싫어하지 않는다는 건 중요해.”

“그런 얘긴 됐으니까 말이지.”

쥬제페가 말을 끊었다.

“그녀에 대해서 좀더 말해 줘.”

“쥐를 싫어하지 않는다는 거 말고 말이야?”

새앙쥐는 조금 골이 난 듯이 말했지만, 곧 마음을 고쳐먹고 이야기를 계속했다.

“그래, 알았어. 페치카는 사과를 좋아해. 아침 점심 저녁, 항상 사과만 먹어. 매일 사과야. 그래서 그렇게 말랐지. 옷은 직접 바느질해서 만들어. 매일 아침 일찍 공원 매점에서 풍선을 사서는 자전거에 묶어 동물원까지 가져가. 그게 근데, 이상해. 페치카는 자전거를 못 타. 사과랑 풍선에 바람을 넣기 위한 펌프를 나르는데, 짐수레 대신에 브레이크가 고장난 낡아빠진 자전거를 사용하는 것뿐이야.”

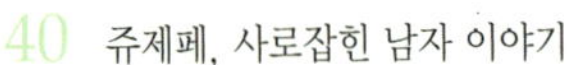

“수리해 줘야지.”

쥬제페가 중얼거린다.

"그리고, 공원 광장에서 둘이 자전거 타는 연습을 하는 거야."

"그렇게 되면 좋지."

여기까지 얘기하자 마침 레스토랑에서 특제 피자가 도착했다. 새앙쥐는 치즈를 온몸에 묻혀가면서 입안 가득 피자를 넣고 먹기 시작했다. 쥬제페는 더 이상 말을 시킬 수 없었다.

"그런데 말이지."

쥬제페는 몸을 건들건들 흔들며,

"저, 내가 페치카랑 사이좋게 되려면, 어떻게 하면 좋을까?"

"쥬제페, 너도 잉꼬만큼이나 바보로구나."

새앙쥐는 타바스코를 뿌리면서 질렸다는 듯이 고개를 저었다.

"그건 너 스스로 생각해야 하는 거야!"

*

다음 날 아침 일찍, 공원거리에는 출근하는 사람들, 학생, 개를 데리고 산책하는 할아버지 들이 바쁘게 오가고, 맑게

갠 하늘에서는 태양이 초록색 나무 꼭대기를 내리비추고 있
다. 쥬제페는 철책에 기대 서서 신문으로 얼굴을 반쯤 가리
고 내리막길의 저쪽 끝을 흘끔흘끔 훔쳐본다.

"왔다!"

주머니 속에서 새앙쥐가 소리쳤다.

'알고 있어.' 쥬제페는 오가는 사람들 위에 떠 있는 색색
의 풍선구름을 아까부터 쭉 보고 있었다. 그 풍선 바로 아
래, 저기, 갈색의 뾰족 모자를 쓴 소녀가 보인다. 낡은 우편
용 자전거를 밀며 이쪽으로 걸어오는 깡마른 페치카.

쥬제페는 역시 사로잡힌 남자다워. 막상 일이 닥치니까
마음을 딱 정하고 곁눈질도 하지 않고 곧장 페치카 앞으로
나아갔다. 처음엔 좀 놀란 듯한 페치카였지만, 천천히 그
얼굴에 웃음이 번지더니, 자전거를 흔들면서 손으로 더듬
듯이,

"쥬, 제, 페."

하고 말했다. 이름을 기억하고 있었던 거다. 사로잡힌 남자
는 감격해서 무슨 말을 해야 좋을지 일대 혼란에 빠져 버렸
다. 아아, 우우우! 정신을 차리고 보니, 어슴프레 기억하고
있던 외국어를 하나하나 떠들어 대고 있다. 지나는 사람들

이 놀란 얼굴로 쳐다보고, 개도 할아버지도 뒤돌아본다. 그러면 어떠랴. 통신교육으로 익힌 열다섯 가지의 외국어 중 여덟 번째 나라의 말로 이렇게 말했을 때, 페치카의 얼굴이 반짝반짝 풍선처럼 빛났다.

"친구가 되고 싶습니다."

"네? 저랑요?"

페치카는 눈을 크게 뜨고 되물었다.

"그, 그래요!"

쥬제페는 혀를 깨문 것 같은 목소리로,

"나는 쥬제페, 풍선팔이 소녀 페치카랑 친구가 되고 싶어."

라고 말한 다음, 불안한 듯이 상대를 바라다봤다.

한순간 침묵이 흐른 뒤,

"친구! 친구라고요?"

페치카는 이때 가슴에 한 손을 얹고 다른 손으론 눈을 부벼 댔다.

"다시 한 번 말해 줘요, 쥬제페."

"친구가 되고 싶어, 페치카, 너랑."

"좋아요!"

페치카가 말했다.

"이런 나를 친구라고 생각해 준다면, 기꺼이!"

둘이 나란히 동물원까지 가는 도중에 페치카는 그야말로 제트풍선의 기세로 떠들어 댔다. 물론 사로잡힌 남자 쥬제페는 그녀가 아무리 빨리 말해도 한마디도 빼 놓지 않고 다 알아들을 수 있었다. 자신이 태어난 나라의 추운 거리에 대해서. 바다 여행과 끔찍한 배멀미에 대해서. 여기서 맞이한 첫 여름의 눈부신 인상, 겨울의 혹독함, 고향의 맛에는 못 미치지만, 어쨌든 빵집 오븐에서 새어나오는 향기로운 냄새 등등에 대하여.

"언젠가 빵집을 열고 싶어."

동물원 표 파는 곳에 묶여 있던 풍선 끈을 풀면서 페치카가 말했다.

"보통 빵들만으로도 괜찮으니까, 네 종류 정도 놓고……. 빵을 양손으로 들고 잡아당겨 한가운데를 가르면 솜사탕 같은 김이 올라가. 손님이, 이 김만큼 맛있는 것은 세상에 없어, 하고 말해 준다면 정말 기쁠 거야."

"상상만으로도 맛있겠는걸."

쥬제페는 외국어로 대답했다.

“그건 그렇고, 페치카. 사과를 좋아하지?”

깜짝 놀란 얼굴의 페치카에게 종이봉투를 내밀고 말했다.

“이거, 과일가게 아줌마한테 골라 달라고 했어, 최고로 맛있는 사과야, 괜찮다면 점심으로 먹어.”

페치카는 부끄러운 듯이 받아 들고는 정말 고마워, 하고 대답한다.

“있지.”

쥬제페.

“내일도 여기, 같이 와도 돼?”

“정말?”

페치카.

“하지만, 내 얘기만이 아니라, 쥬제페, 당신 얘기도 해 줘. 당신에 대해 더 많이 알고 싶어.”

새앙쥐의 희미한 박수소리가 주머니 속에서 들려왔다.

쥬제페는 그날 낮부터 건설현장에서 일하기 시작했다. 철골이랑 콘크리트를 양어깨에 메고 사다리 계단을 달리며 오르락 내리락, 시멘트 포대를 소처럼 날랐다. 수염난 현장감독은, 이봐, 괜찮겠어? 하며 눈살을 찌푸리고, 현장의 동료

들도 저 녀석 머리가 좀 어떻게 된 거 아냐? 하고 수군거렸다. 그래도 쥬제페, 사로잡힌 남자는 즐겁게 일했다. 일하는 게 마치 춤추는 것처럼 보였다. 한밤중이 넘어서 일당을 받고 해가 뜨기 전에 시장으로 달려갔다. 다 합쳐서 열 개, 최고의 사과를 사서 예쁜 종이로 싼다.

매일 아침 공원거리에서 페치카와 만나, 반 시간 걸려서 동물원까지 간다. 쥬제페는 자신의 비밀 이야기를 페치카에게 고백했다. 페치카는 잠버릇이 안 좋다는 걸 손짓 몸짓으로 쥬제페에게 보여 주었다.

쥬제페가 자전거를 고치려 하자, 페치카는 됐다고 웃는다.

"어째서?"

"있지, 브레이크 없는 자전거가, 왠지 좋아."

페치카는 핸들을 꽉 쥐면서,

"어디까지든 곧장 달려갈 것 같잖아? 물론 나는 이렇게 밀고 갈 뿐, 실제로 달릴 수야 없지만, 때때로 상상해 보곤 해. 브레이크 없이 오로지 한 마음으로 페달을 밟는 것. 굉장한 기세로 계속 밟는 거야."

"흐-음."

“느끼는 건 스피드뿐, 보이는 건 눈앞의 길, 그리고 그 끝. 그 밖에는 아무것도 머릿속에 없어. 그런 상상 말야. 기분 좋을 것 같아.”

“응, 정말 기분 좋겠는걸.”

“…하지만 바보 같은 얘기지?”

“그래 그럴지도 몰라.”

쥬제페는 가볍게 끄덕이고,

“하지만, 바로 그런 점이 좋은 거 아닐까?”

하고 덧붙이자 페치카도 미소지으며 고개를 끄덕였다.

*

별이 총총한 어느 날 밤, 새앙쥐가 방에 돌아와서는 이렇게 작은 목소리로 물었다.

“오늘 일, 힘들지 않았어?”

“아니, 별로.”

쥬제페는 의자에 앉아서 양손을 가만히 들여다보았다. 달리 볼 것이 없어서 보고 있다는 느낌이다.

“그럼 무슨 일이야? 아까부터 아무 말도 않고.”

“너, 페치카의 웃는 얼굴이 어떻다고 생각해?”

생각지도 않은 질문에 당황한 새앙쥐는 꼬리를 탁탁 돌리다가 가까스로 대답했다.

"어떻게 생각하냐니? 그야 멋있는 미소지. 내가 아는 인간들 중에서 그렇게 멋진 미소를 짓는 사람은 없어."

"그야, 물론 그래."

쥬제페는 생각에 잠기는 듯 양손을 마주 쥐었다.

"하지만 말야, 으으, 뭔가 이상해. 처음에는 몰랐어. 그런데 요즘 들어 점점 그게 신경 쓰여. 페치카의 웃음 띤 얼굴 저 밑바닥에는, 뭐라고 표현해야 할지 잘 모르겠지만, 흐린 회색이랄까, 어두운 그림자랄까, 그런 어떤 게 희미하게 달라붙어 있어. 그것이 그녀의 마음에 작은 구멍을 내고 있어."

"괜한 생각 아냐?"

"그냥 내 생각에 불과하다면 얼마나 좋을까!"

쥬제페는 의자를 빙그르르 돌렸다.

"너, 부탁 좀 들어주지 않을래? 한 번만 더 그녀의 방에 가 줘. 잉꼬한테 물어봐도 좋고, 네 눈으로 직접 확인해도 좋아. 어떻게든 페치카가 품고 있는 걱정의 씨앗을 찾아봐 줘."

"그 잉꼬랑 또 얘기하라고?"

새앙쥐는 혀를 차면서,

"정말 가고 싶지 않은데."

하고는, 재빠르게 몸을 획 돌리더니 어둡고 어두운 창 밖으로 사라져 갔다.

아직 날이 새지 않을 무렵, 온밤을 꼬박 샌 쥬제페의 무릎에 툭 하고 새앙쥐가 뛰어내려와서,

"쥬제페, 네가 말한 대로였어."

하며 털에 흙이 묻은 것도 상관 않고, 빠른 어조로 말하기 시작했다.

"그 앤, 사과를 좋아하는 게 아냐. 그것밖에 먹을 수가 없어. 세 번이면 세 번 다 싸구려 사과밖에는 살 수 없을 정도로 돈이 궁하거든."

"뭐라고!"

"이 거리에 온 직후 집안 사정 때문에 돈을 꿨던 것 같아. 갱 두목, 그 트위스트를 잘 추는 작자한테서 말야. 페치카는 빚을 갚으려고 장소 값을 내고 풍선을 파는데, 그 자릿값이 비싸도 너무 비싸. 처음에는 공원에서 팔다가, 자릿값이 너무 비싸서 그보다 반쯤 싼 동물원 쪽으로 옮길 수밖에 없었

어. 하지만 그래도 빚은 갚을까 말까야."

"그럴 수가!"

"이건 내 생각인데, 쥬제페."

새앙쥐는 머리를 흔들더니 말했다.

"저 트위스트 두목은 조만간 페치카를 카바레에서 일하게 할 것 같아. 억지로 하라고 하면 신경이 곤두설 테니까, 페치카를 곤경에 빠뜨려서 그 애가 제 발로 일을 주십시오, 하고 청해 오기를 기다리는 거야."

쥬제페는 새앙쥐를 안아올려 방금 데워 놓은 물에 씻겼다. 그런 다음 하얀 편지지에 짤막한 편지를 휘갈겨 썼다.

오늘은 그쪽으로 갈 수 없어. 걱정 말고 내일 만나자. 페치카에게. 쥬제페로부터.

새앙쥐는 이 편지를 잡아채서 다시금 창 밖으로 뛰어나갔다.

*

사방이 거울로 장식된 사무실 방 안.

"여어, 누군가 했더니, 사로잡힌 남자 아닌가?"

갱 두목은 듣고 있던 레코드를 끄고, 가슴에 난 털 위로 흐르는 땀을 타올로 닦았다. 상반신은 완전히 벗은 채, 검은 선글라스를 끼고 착 달라붙는 판타롱을 입었다. 초승달같이 가늘게 깎은 귀밑머리. 그는 마침 트위스트 연습을 하던 참이었다.

쥬제페는 부하들에게 잡아뜯긴 셔츠 깃을 한 손으로 잡고, 굵은 목소리로 페치카와 그녀의 채무 액수에 대해서 물었다.

"뭐야? 그 일이 너랑 무슨 상관이지?"

쥬제페가 잠자코 있자, 두목은 아-하-앙, 그럼 그렇지, 이번에는 그 말도 못하는 계집애한테 사로잡혔단 말이지.

"그래도, 이봐 사로잡힌 남자, 잘 알겠지만 말야. 빚은 빚이야. 그것도 용돈 수준이 아니라구. 네가 버는 것으론 감당하기 어려운 금액이야. 이자도 받아야 하고. 갱들도 말야, 요즘엔 이게 다 사업이라구. 험한 꼴 당하기 전에 돌아가, 어서!"

"트위스트 두목!"

쥬제페는 물소처럼 생긴 부하들이 뒤에서 잡아끄는데도, 가죽 백을 휘두르며 외쳤다.

"잠깐, 두목. 당신은 실은 트위스트 말고도 어렸을 때부터 마음 저 밑바닥에서 곤충표본 수집을 좋아했지요?"

"그게 어떻단 거야! 그런데 그런 걸 어떻게 네가……."

"이거!"

쥬제페는 가방을 내밀고,

"이 안을 좀 들여다봐 주세요!"

쥬제페가 가방에 넣어 온 것은 곤충이었다. 그 곤충의 이름을 뭐라 하는지, 그건 모르겠다. 하지만 뭔지는 몰라도 상당히 까다로운, 별난 이름의 벌레였던 것 같다. 부하들의 눈에는 새끼손톱만한 바퀴벌레 새끼로 밖에는 보이지 않았다. 하지만, 트위스트 두목이 그때 흥분하던 모습이란, 갱들 사이에서 먼 훗날까지도 얘깃거리가 되었다.

"이런 보물이! 믿을 수 없어. 이게 내가 사는 거리에 있었다니!"

두목은 표본상자를 손에 들고 눈물을 흘리며 무릎 꿇었다고 한다.

"게다가, 이건 정말 보존이 잘 됐군. 사로잡힌 남자. 이거 가짜 아니지? 아니, 설마 너, 정말로 이 보물을 나한테……."

"암컷 표본도 가방 아랫부분에 있습니다."

"믿을 수 없어!"

트위스트 두목은 쥬제페의 무릎에 매달려 이마를 마구 비비면서 말했다. 앞으로도 네가 부탁하는 거라면 뭐든 다 들어 줄게, 나의 벗, 아니 형제여, 하며 감격해했다. 이 거리를 너의 거리라고 불러도 좋다. 이런, 그러고 보니 다 낡은 셔츠를 입고 있군. 어서, 이 형님의 보라색 셔츠를 입어 봐. 이 기회에 크림색 판타롱도 입고. 어서 갈아입으라구, 그리고 나와 둘이서 트위스트 쇼를 보러 가자구!

2년 뒤 수컷과 암컷이 짝을 이룬 그 훌륭한 표본을 둘러싸고 갱단 사이에 살인극이 벌어질 운명이었건만, 지금 당장은 아무도 그걸 알 리 없다. 그러고 보니 갱들 중에는 곤충을 좋아하는 부류가 많다는 얘기인가.

다음 날 아침,

"쥬제페, 오늘부터 나 말이에요, 공원에서 풍선을 맘껏 팔 수 있게 되었어요!"

벤치에 앉아 발을 살랑살랑 흔들면서 페치카는 비밀스럽게 속삭였다.

"자릿세도 안 내고 말예요!"

"공짜로?"

쥬제페는 숙취로 지끈거리는 이마를 문지르며 고개를 들었다.

"그래요. 쥬제페, 당신은 몰랐겠지만, 이렇게 야외에서 물건을 팔자면 아주 성가신 일들에 휘말리게 돼요. 하지만 이젠 괜찮아요. 성가신 일들이 모두 깨끗이 없어져 버렸어요. 지우개로 지워 버린 것같이. 우리 사는 세상에선 때때로 믿을 수 없는 일이 일어나나 봐요!"

"정말 그래."

쥬제페는 머리를 부르르 떨더니, 신이 나서 종이봉투에서 포도와 배, 커다란 자몽, 그리고 망고를 두 개 꺼냈다.

공원에서는 풍선이 잘 팔렸다. 그만큼 한가로운 사람들이 많은 거겠지. 때때로 누구의 손으로부터 도망친 것인지 빨강 노랑 풍선들이 초가을 하늘에 둥둥 떠간다. 서쪽에서 불어오는 바람 속에 메리고라운드의 멜로디가 섞인다.

둘은 저녁에도 만나서 여러 가지 얘기를 했다. 페치카도 이젠 이 나라 말을 제법 잘 하게 됐다.

해가 지고 페치카를 집까지 데려다 주고 돌아오던 길에,

"왠지 표정이 밝질 않네, 쥬제페."

하고 새앙쥐가 어깨에 올라앉아 말을 건다.

"혹시, 그녀의 웃는 얼굴에서 또 뭔가를 찾아 내려는 건 아니겠지?"

쥬제페는 아랫입술을 깨물고, 방금 전에 말야, 하고 중얼거렸다. 집에 들어가려다 말고 뒤돌아본 페치카의 옆얼굴, 뭐라 표현할 수는 없지만 괴로워 보였어. 돈 문제라면 해결되었잖아. 그렇다면 이제 돈 말고 또 다른, 정말 중요한 어떤 것이 마음 저 밑바닥에 달라붙어 있다가 불쑥 떠오른 것은 아닐까?

"알았어. 하지만 이게 정말 마지막이야!"

새앙쥐는 소매를 타고 미끄러져 내려갔다. 그리고 노랗게 빛나는 페치카의 창가로, 집집마다 이어진 홈통을 통통 울리면서 달려올라갔다.

쥬제페로서도 페치카 마음의 희미한 어둠 따위 못 본 척 넘어갈 수만 있다면 그렇게 하고 싶었다. 하지만 절대로 그럴 수 없었다. 왜? 쥬제페는 페치카에게 정말 빈틈없이 사로잡혀 있었으니까. 사로잡힌 남자 쥬제페의 눈은 페치카 본인도 깨닫지 못하는 미소 뒤의 어둠을 간파하고야 만다. 슬픈 일이다.

새앙쥐의 보고에 의하면 어둠의 원인은 페치카의 어머니에게 있었다.

"어머니가 아파. 2년 가까이 산 속 요양원에서 홀로 누워 지내는데, 그 거액의 빚도 전부 어머니 치료비 탓이었어."

페치카의 어머니는 심한 천식을 앓고 있었는데, 겨울이 다가오면 발작이 눈에 띄게 심해진다는 거였다.

"그 애가 옷을 전부 직접 만들어 입는 것은 섬유나 실밥이 혹시라도 어머니 목에 걸리지 않게 하기 위해서야. 쥬제페, 나는 그런 앨 본 적이 없어."

새앙쥐의 빨간 눈동자가 촉촉히 젖어들었다.

"그나저나, 이번 주말에 병문안 간다던데."

*

다음 날 아침 일찍, 요양원의 벨이 울렸다. 방금 차에서 내린 히치하이커가 문 앞에 서 있다. 산 속 공기는 도시의 거리와는 달리 벌써 차갑다. 누가 봐도 금방 알아차릴 것 같은 가짜 수염을 달고 머리에 터번을 감은 이 히치하이커도 새하얀 입김을 유리문에 토해 낸다. 접수 창구의 아가씨는 그 정도쯤은 봐줄 수 있다는 듯 아주 자연스런 말투로 무슨 볼일이냐고 물었다.

"저는 방랑하는 의사입니다."
하며, 히치하이커는 한쪽 눈을 꿈뻑 해 보였다.

"그런데, 천식이란 결코 제가 치료하지 못할 그런 분야는 아니라서요."

개방적인 병원이었던가 보다. 넓은 창문을 떼어낸 선룸(sun-room)에 천식으로 입원중인 환자들을 모이게 했다. 벽에 기대 선 아이, 웅크리고 앉은 아저씨, 혼자서는 걷지 못해 휠체어를 타고 온 뽀로통한 아주머니.

"그런데, 이 병원은 정말 해가 잘 드는군요."
히치하이커는 이마에 손을 갖다 대며 창을 올려다봤다.

"일광욕은, 물론 좋은 일이지요. 하지만 지나치게 눈부신 햇볕을 쬐면, 눈 속, 코, 목 부근이 근질근질해져서 뭉친 털실 같은 기침이 그치질 않아요. 자, 여러분, 그런 경험들 없으신가요?"

환자들은 쉰 목소리를 내면서 희미하게 고개를 끄덕인다. 수수께끼 방랑 의사는 수염난 얼굴에 미소를 띄우면서 책상 위에 커다란 트렁크를 올려놓았다. 그러고는 먼지가 일지 않도록 가만가만 열었다.

반짝반짝 잘 닦인, 몇백 개나 되는 선글라스. 머리를 빡빡 깎은 남자아이가, 와우 하고 자기도 모르게 소리를 지른다. 누구라도 알 수 있다. 그것은 세계에서 제일가는 선글라스 콜렉션이다.

"이것을 쓰는 것만으로 말이죠, 상당히 달라질 겁니다."

히치하이커가 말했다.

"그리고, 오늘은 한 가지 더, 끝내주는 치료법을 가르쳐 드리죠. 그건……."

침을 꿀꺽 삼키는 환자들, 모여든 의사, 간호사들. 수염난 히치하이커는 방 안을 천천히 둘러본 후 싱글벙글 웃음을 던지면서 말했다.

"그건, 복식호흡, 바로 노래입니다. 여러 분, 오페라라고 들어 보셨겠지요?"

*

그날 밤, 캄캄한 산길을 느릿느릿 내려오는 가축용 트럭. 새앙쥐는 짐칸 구석 마른풀 속에 웅송그리고 앉아 옥수수를

갉아먹으며,

"네가 그렇게 천식에 밝다니, 정말 몰랐어."

하고 자랑스럽게 말했다.

"도대체 어디서 배웠지?"

쥬제페는 가짜 수염을 붙였던 자리를 득득 긁으며 소의 꼬리를 피하면서 말했다.

"내가 아기 때, 그러니까 태어나서 처음으로 사로잡힌 것이 알레르기성 천식이었어."

겨울이 다가오고 있었다. 페치카의 달라진 모습은 너무나 분명했다. 저 멀리서 오고 있는 페치카를 보니, 풍선 없이도 그 주위가 밝게 빛났다. 트위스트 두목도 쥬제페에게, 미인을 잡았군, 제법이야, 형제, 하며 수시로 손가락을 꺾어 댔다.

"이제 곧 퇴원할 수 있대요. 목이 부은 게 다 가라앉지는 않았다네요. 엄마 목소리는 이 나라로 오는 배에 타기 전부터는 거의 듣질 못했는데."

낙엽을 가르며 자전거를 밀고 가는 페치카.

"그래도 몸은 놀랄 정도로 건강해요. 치료원 분위기도 이전과는 상당히 달라져서, 믿기 어려울 정도예요. 의사 선생님들이나 간호사들, 게다가 환자들까지 모두가 말할 때 노래를 부르는 거예요! 세상에! 오페라 가수처럼.”

“그거 참 별난 병원이네.”

쥬제페는 주머니에 손을 넣어 참다 못해 웃음을 터뜨리는 새앙쥐의 입을 막았다.

“새로 들여온 치료법이래요.”

페치카도 앵두 같은 입가를 손으로 살짝 가리면서 웃었다.

“폐로 무리하게 숨을 쉬기보다는 배 밑에서부터 호흡을 하는, 그런 습관이 붙으면 천식 같은 것은 저절로 잊게 된다나요. 그건 알겠는데 어째서 어머니랑 다른 환자들이 그런 괴상한 안경을 끼는 건지……."

“안경?”

“말 안 할래요!”

페치카는 어깨를 움찔 하며 대답했다.

“이런 얘기를 하면, 내 머리가 어떻게 된 줄 알 거예요.”

공원의 나무들은 새빨갛게 물들어 있다. 페치카가 한숨을 내쉬는 찰나, 그녀가 있는 쪽으로 ‘휘익’ 강한 바람이 불어와 하늘이 온통 단풍으로 뒤덮인다. 쥬제페는 제멋대로 떨

어지는 낙엽을 능란하게 아푸아푸 입으로 받아 물어 페치카
에게 건네 준다. 페치카는 그것 두 장을 앞주머니에 꽂았다.
물론 쥬제페의 가슴에도 세 장 꽂아 주었다.

세상에 없는 남자, 타탄

*

그리고 겨울이 왔다.

이 거리의 겨울은 꽁꽁 언 쇠처럼 지독하다. 거리를 다니
는 사람들은 눈에 띄게 줄어들고, 난방이 된 방 안으로도 찬
기운이 몸을 낮추고 숨어든다. 물론 쥬제페의 이 낡은 아파
트도 예외는 아니다. 하지만 쥬제페는 방을 수선하는 일 따
위에는 관심이 없다. 여기 저기서 방을 가로지르는 바람소
리가 나고 책상 위의 신문이며 담요까지 모두가 최대한 몸
을 웅크리고 있다.

새앙쥐는 화를 냈다. 쥬제페의 기분은 안다. 하지만 아직
도 자신의 마음을 페치카에게 전하지 않고 있다니. 마음을

전하기는커녕 여전히 그녀의 미소 속에 드리워진 어두운 그림자에 연연해하고 있다.

그 그림자의 이유가, "추워서 풍선이 잘 안 불어지는 것"이란 걸 알고는 복근운동과 숨 오래 멈추기로 단련된 자신의 폐활량으로 크게 후욱 불어 준다. 또, 페치카가 "공원에 사람들이 안 와서 외로워한다"는 걸 알고는, 밤새 눈을 뭉쳐서 눈사람, 눈으로 만든 개, 눈 할아버지, 눈 꼬마를 만들고, 그들의 손에다가 저마다 다른 색깔의 풍선을 하나씩 들려 놓는다.

그럴 때마다 페치카는 웃었다. 마음 저 깊은 곳에서 우러나오는 웃음이었다. 하지만 사로잡힌 남자의 눈에는 그럴수록 페치카의 마음에 어른거리는 그림자가 더욱 또렷이 보인다. '그 뭔가가 정체 모를 힘으로 페치카에게 달라붙어 있어. 페치카의 미소를 저 밑바닥에서 잡아당기고 있는, 꽁꽁 언 무언가가 있어.'

새앙쥐는 지쳤다. 왜냐고? 그게 그럴 만도 하지 않은가. 그녀의 미소 속에 그림자가 드리워진 이유를 찾기 위해 매번 그녀의 방에 가서 탐색하는 역할은 바로 이 새앙쥐의 몫이란 말이다. 하지만 새앙쥐는 매번 이번 딱 한 번만이야,

라고 말하면서도 공원을 가로질러 페치카의 방으로 향하는 일을 거절하지 않았다.

어젯밤부터는 눈이 펑펑 내렸다. 아직도 내리고 있다.

쥬제페는 난로의 불을 바라보며 말이 없다.

허공을 가르는 바람소리가 요란한데도 오직 그녀를 향한 생각에만 잠겨 있다. '내 마음을 사로잡은 페치카.' 깊고 깊은 어둠 속을 한 가닥의 촛불만으로 한 발씩 더듬어 나아가는, 그런 간절한 표정이다. 새앙쥐는 쥬제페가 그만두길 바랐지만, 그러면서도 쥬제페가 웃기를 원했다. 가령 그것이 아주 짧은 동안이라 하더라도.

그래서 또 이렇게 말했다.

"정말 못 말리겠군. 이번이 진짜 마지막이야."

일부러 들으라는 듯이 크게 한숨을 몰아쉬고, 벽에 나 있는 구멍으로 향하는데, 쥬제페가 갑작스레 난로 뒤로 손을 내밀어 새앙쥐의 허리를 붙잡았다. 새앙쥐는 당황하며 소리소리 질렀다.

"뭐야, 무슨 짓을 하는 거야, 쥬제페!"

"잘 알잖아."

쥬제페가 말했다. 손바닥으로 감싸안듯이 새앙쥐의 몸을

들고 조용히 가슴께로 가져간다. 그의 눈은 화난 눈은 아니다. 그냥 슬픔만이 있다.

"너는 처음부터 알고 있었지?"

쥬제페는 침착한 목소리로 말을 이었다.

"그녀의 마음을 닫아 가두는 것, 웃음 띤 얼굴에 그림자를 드리우는 것, 그녀의 마음에 걸려 있는 것……. 넌 용의주도하잖아? 그녀의 방에 처음으로 갔던 날 밤, 이미 그것이 무엇인지 알아차렸을 게 틀림없어. 잉꼬도 분명 네가 말한 것처럼 그렇게 바보는 아닐 거야. 너는 벌써 알고 있었어. 페치카가 매일 밤 홀로 어둠을 향해 무슨 말을 속삭이고 있는지 말야."

새앙쥐는 쥬제페와 눈을 마주치지 않으려 애쓴다. 하지만 그게 다 무슨 소용이람. 사로잡힌 남자의 진실한 눈길로부터 도망칠 수 있는 자는 없다. 시간 벌기는 이제 그만. 새앙쥐도 그걸 잘 알고 있었다.

새앙쥐의 뺨에 난 수염이 젖어드는가 싶더니 천천히 아래로 처졌다.

쥬제페는 깃털을 내려놓듯 사뿐히 새앙쥐를 책상 위에 내려놓는다. 얼마나 지났을까. 꽤 긴 시간이 흐르고 나서야 새앙쥐는 드디어 입을 열었다. 작은 목소리로.

"난 말이지, 쥬제페, 네가 정말 좋아. 페치카도 정말 멋진 여자라고 생각해. 둘이 언젠가는 연인이 되게 해 달라고 빌었어."

쥬제페는 엄지손가락으로 새앙쥐의 등을 쓰다듬었다.

"계속 말해 줘."

"페치카는 매일 밤, 사진을 보고 있어. 연상의 남자야."

"이름은 타탄. 외국 사람이야. 작년 가을까지는 편지가 왔어. 그런데 그게 갑자기 뚝 끊겨 버린 거야. 둘은 약혼한 사이인데……."

쥬제페의 손가락은 계속 움직이고 있다. 하지만 목소리가 나올 기색은 없다.

"페치카의 방은 타탄의 사진으로 하나 가득이야."

말을 마친 새앙쥐는 쥬제페의 얼굴을 올려다보며 다시 목소리를 높였다.

"그래도 쥬제페, 밤의 페치카보다 햇볕이 내리쬐는 공원에서 너랑 함께 있는 페치카가 몇 배나 더 예뻐. 내 생각엔 그래. 그러니까 그녀에게 네 마음을 말해, 쥬제페! 어디 있는지도 모르는 타탄 따위 하루라도 빨리 깨끗이 잊어버리게 해 주란 말야!"

"그 이름이었구나, 그녀가 매일 밤 속삭이는 게."

쥬제페의 목소리는 온화했다. 안도의 한숨소리로 들리기조차 했다. 그 온화함에 새앙쥐는 온몸의 하얀 털이 곤두섰다.

"쥬제페!"

새앙쥐는 매달리듯 소리쳤다.

"도대체 뭘 생각하는 거야?"

"너한테 부탁이 있어. 이게 정말 마지막이 될 거야."

쥬제페는 여전히 온화한 목소리로 말했다.

"페치카의 방에서 몰래 타탄이란 사람의 사진 한 장만 빌려다 주지 않을래?"

"뭘 어떻게 하려고?"

도전적인 말투다. 하지만 입을 꾹 다물고 바라보는 사로잡힌 남자의 슬픈 눈동자를 본 새앙쥐는 이번에도 역시 거절하지 못했다. 그래서 느릿느릿 마루를 닦는 대걸레처럼 무거운 몸을 이끌고 눈발이 그친 문 밖으로 미끄러져 나갔다.

사진 속의 타탄은 아이들에게 둘러싸여 있었다. 쥬제페는 학교를 다닌 적이 없지만, 어깨가 떡 벌어진 그 남자가 선생님이라는 것은 이내 알 수 있었다. 부수수한 긴 머리에는 군데군데 흰머리가 비치고 눈가에는 가는 주름도 있다. 둥글고 커다란 코에는 은테 안경이 걸려 있고.

타탄의 손에는 아이스하키 스틱이 쥐어져 있고, 아이들도 스틱을 하늘 높이 치켜들고 있다. 그 뒤에서 짧은 머리의 페치카가 웃고 있다. 아무런 망설임이나 그림자가 없는 투명하고 밝은 미소.

쥬제페는 우체국에서 국내와 해외의 모든 탐정 매니아, 알고 지내는 경관과 명탐정들 앞으로 일일이 전보를 쳤다. 물론 팩시밀리로 사진까지 곁들여서.

찾는 사람. 이름 타탄. 나이 40세. 있는 곳을 알면 바로 연락 바람.
보수 아끼지 않음. 사로잡힌 남자, 아마추어 탐정 쥬제페로부터.

"이건 뭐가 잘못 돼도 단단히 잘못 됐어!"
새앙쥐가 난로를 물어뜯을 것 같은 기세로 소리쳤다.
"너는 네가 도대체 무슨 짓을 하고 있는지 알아?"
"괜찮아, 자─알 알고 있어."

쥬제페는 주전자가 내뿜는 김을 바라보면서 대답한다.

"가여운 페치카의 마음을 푸른 하늘처럼 맑고 투명하게 만들 수 있는 것은 이 타탄이란 남자뿐이야. 게다가 말이지, 그렇게 탄식할 거 없다구. 만약 이 사람하고 페치카하고 나하고, 이렇게 셋이 얼굴을 마주하게 되면, 난 분명하게 말할 거니까. 이 세상에서 페치카를 가장 많이 생각하는 것은 사로잡힌 남자 쥬제페, 바로 나라고 말야."

"정말이야?"

새앙쥐의 빨간 눈에 빛이 번뜩인다.

"그러니까, 지금은 기다리자구."

그렇게 말하고, 쥬제페는 미소짓는다.

"타탄을 찾기만 하면, 그녀는 다시 해맑은 미소를 되찾을 거야. 그럼 난, 당당하게 그녀를 맞으러 갈 수 있어."

"흐-응, 일이 그렇게 순조로울까?"

새앙쥐는 어느새 평소의 비꼬는 말투로 돌아와 있다.

"과연 그 타탄이란 제법 탄탄해 보이는 남자를 놔두고 너처럼 볼품없는 체격의 남자를 선택할까? 그러리란 보장은 요만큼도 없는걸."

"흠, 내가 누구야?"

쥬제페는 한쪽 눈을 찡긋 해 보인다.

"이래뵈도, 사로잡힌 남자 쥬제페라고!"

*

저 멀리 북쪽의 대도시로부터, 타탄의 행방을 알리는 속달 우편이 도착한 것은 전보를 친 지 겨우 사흘밖에 안 되었을 때였다.

"쥬제페 씨, 그립군요." 그 긴 편지는 이렇게 시작되고 있었다. 명탐정 쥬제페에게 경의를 나타내는 짧은 인사, 그리고 무엇 하나 변한 것 없는 사무실 정경을 간단히 전한 다음, 타탄이란 남자의 사망 소식을, 그 편지는 알리고 있었다.

낡은 로프웨이였어요. 슬슬 갈 때가 됐어. 저 케이블은 적어도 선 두 개를 다 갈아치워야 해. 시의 직원들도 입을 모아 그렇게 말했다는군요. 내 동생도 스키를 타기 위해 때때로 그 로프웨이를 이용하곤 했는데, 언젠가 같이 저녁밥을 먹으면서 케이블에서 나는 소리를 흉내낸 적이 있습니다.

지금도 기억이 납니다. 도저히 잊을 수 없는 소리였어요.

끼 끼 끼, 끼이-익!

나는 "그만!" 하고 소리쳤습니다. "먹던 게 올라올 것 같아. 이거야 원, 소름끼쳐서."

정말, 그래, 하고 동생이 말했지요. "로프웨이의 승객은 모두 귀를 손으로 막고 웅크린다니까. 할머니들은 입속말로 기도문을 외우지. 소 잃고 외양간 고치기가 되면 안 될 텐데." 동생은 머리를 절레절레 흔들었습니다.

타탄이란 이름의 그 중학교 교사가 작년에 하키 팀의 합숙소로 이 산을 고른 것은 재작년에 우리 도시에서 국제 하키대회가 있었기 때문이 아닐까요? 살기에는 썩 좋다고 할 수 없는 음침한 도시지만, 그 학생들 입장에서는 이 도시의 이름이 아마도 선망하는 선수의 이름과 오버랩되었을 겁니다.

그들이 마을 여관에 도착했을 때, 그 선생님은 등에 학생 하나를 업고 있었다고 합니다. 그러면서 말했답니다,

"이 아이는 다리를 다쳐서 하키는 할 수 없지만 팀의 중요한 멤버랍니다."

등에 업힌 학생은 밝은 목소리로,

"난 팩을 닦아요." 하고 말했답니다. "아세요? 잘 미끄러지는 팩이야말로 하키의 묘미랍니다. 헌데, 나만큼 번쩍번쩍 광이 나게 팩을 닦을 수 있는 학생은 없거든요!"

타탄 선생님은 눈을 가늘게 뜨고 자랑스럽다는 듯이 여러 번 고개를 끄덕였답니다. 체격이 아주 좋았다고 들었습니다. 여관 주인의 말로는 커다란 몸보다도 더 큰 뭔가가 몸 안에 깃들어 있

는 것 같은, 그런 사람으로 보였다는군요.

학생은 열여덟 명이었습니다. 타탄 선생님을 포함해서 열아홉 명을 태운 로프웨이는 산 중턱의 코테이지 마을을 향해 느릿느릿 올라가기 시작했습니다. 그런데 그 딱 중간쯤 되는 곳에서 한쪽 케이블이 끊겼습니다.

기우뚱 공중에 매달린 채 마구 흔들리는 로프웨이의 케이블카 안은 비명 소리로 난리가 났습니다. 그 비명소리에다가 저 끔찍한 소리까지 더해졌습니다. 상상도 하고 싶지 않네요. 아마 보통 때보다도 더 높은 소리였을 겁니다.

끼 끼 끼, 끼이-익!

그때였습니다.

"처음 신는 스케이트화!"

순간, 학생들은 갑작스런 이 말에 하나같이 영문을 몰라했습니다. 소리가 나는 쪽을 보니, 타탄 선생님이 창문에 손을 짚고 조금 창백하지만 살짝 웃음 띤 얼굴로 서 있었습니다.

"생각나니, 너희들? 시즌 첫 링크 때. 거울처럼 깨끗한 얼음, 거기에 새로 산 스케이트화를 신고 내려선다. 어떻게 내려서지? 어떻게 서지? 자아, 좋은 연습이 되겠구나, 나한테 보여 주렴!"

모두, 조용해졌습니다. 조금 전까지의 아우성이 마치 거짓말 같았습니다. 학생들은 한명 한명 무릎의 힘을 빼고 몸의 균형을 잡으면서 무슨 소중한 보물이라도 되는 듯이 조심스럽게 바닥을 다시 밟았습니다. 다리를 못 쓰는 그 학생조차 그렇게 섰습니다.

그러자 마구 흔들리던 로프웨이가 차차 중심을 잡아 갔습니다.

"그래 그래. 바로 그거야."

선생님은 고개를 끄덕이며 평소와 똑같은 모습으로 이렇게 계속했습니다.

"이제 곧 구조대가 온다. 봐, 사이렌이 들리지?"

사이렌? 아니, 그건 아니었습니다. 흔들림이 멈췄다고는 해도, 학생들의 귀에는 케이블 소리만 더욱 기분 나쁘게 울려퍼지고 있었을 따름입니다. 끼 끼 끼, 끼이이-익! 자신들의 비명소리보다 훨씬 무서운, 열아홉 명의 체중으로 당장이라도 끊기고 말 것 같은, 단 하나 남은 케이블이 지르는 높은 비명소리가.

"눈을 감아라."

쿠쿵, 케이블카가 흔들리고 학생들의 목구멍에서 울음소리가 새어나오기 시작할 때, 타탄 선생님은 그렇게 속삭였다고 합니다.

"눈을 감고 가만히 기다리는 거야. 이건 연습이니까. 지금 우리는 링크에 서 있어. 상대편 응원이 아무리 시끄러워도 평소의 페이스를 잃지 않도록 연습을 하는 거야."

학생들은 선생님이 말씀하신 대로 눈을 감았습니다. 단 한 사람만 빼고.

"나도 이제부터는 조용히 하마. 쭉 소리를 내지 않을 거야. 이건 코치로서 내리는 엄중한 명령이다."

다리가 안 좋은 학생만이 출입구 손잡이에 슬쩍 손을 가져가는 선생님의 움직임을 지켜보고 있었습니다.

"너희들이 나를 코치라고 생각한다면, 알겠니? 쭉 입을 다물고 있거라. 눈도 뜨지 말거라. 머릿속에 시합을, 팩이 미끄러지는 것을 상상하면서 그대로 가만히 서 있는 거야. 명령을 어기는 자가 있으면… 이건 단순한 위협이 아니다, 난 오늘로 코치를 그만둘 테다."

"안 돼요, 그만두면 안 돼요. 선생님!"

에이스 포워드가 속삭입니다.

"그만! 입다물고 있어."

타탄 선생님은 웃었다고 합니다.

"이게 정말 마지막이다. 바로 지금부터 나도 입을 다물 거니까. 자아, 모두들, 시합에 집중하자."

팩 닦는 일을 맡고 있는, 다리가 안 좋은 학생도 마침내 가늘게 뜨고 있던 눈을 감았습니다. 그러니까 이제부터는 추측을 할 수밖에 없습니다. 한순간 차가운 바람이 분 것 같은 느낌이 들었다고 학생 하나가 말했습니다. 또 다른 학생은 로프웨이가 조금 흔들리고 그 다음 높게 울리던 기분 나쁜 소리가 갑자기 낮아졌다고 증언했습니다.

"하지만 그런 건 신경 쓰지 않았어요. 선생님이 말씀하신 대로 우리들은 모두 머릿속의 시합에 집중했어요! 구조하러 온 사람의 목소리가 들릴 때까지 쭈욱 눈을 감은 채로……."

팩 닦는 일을 맡고 있는 학생이 기어들어가는 목소리로 그렇게 중얼거리자, 구조 후 산 속 오두막에서 담요를 두르고 있던 아이들이 일제히 울음을 터뜨렸다고 합니다.

케이블카의 문을 연 채로, 산을 등지고 선 선생님은 떨어지기 전에 학생들 한 사람 한 사람의 얼굴을 둘러보았을까요? 나는 그렇게 생각하지 않습니다. 한순간이라도 빨리 케이블에 가해지는 무게를 덜어 주고 싶었을 테니 주저하지 않고 뛰어내렸을 겁니다. 새하얀 산등성이로 등을 아래로 향한 채 떨어져 갔던 겁니다. 눈이 받쳐 줄 거야, 하는 생각이 떠올랐을지 어땠을지, 그건 모르겠습니다. 아주 잠깐이라도 그렇게 생각했다면, 잘못 생각한 거지요. 전날 밤의 혹독한 추위로 경사면은 꽁꽁 얼어 있었거든요. 바로 '아이스반' 이란 놈입니다. 타탄 선생님의 등뼈는 반으로 꺾여 버렸습니다.

아시는 분인가요? 대단한 남자지요. 난 도저히 이런 일은 흉내조차 낼 수 없을 겁니다.

로프웨이는 수리를 해서, 지금은 번쩍번쩍 빛나는 새것이 되었답니다. 덕분에 올겨울엔 제 동생도 하루가 멀다하고 스키를 즐기고 있습니다.

일이 한가할 때, 쥬제페 씨, 꼭 다시 한 번 놀러 오세요. 그런데, 스키는 하시나요? 어쨌든 탐정 사무실의 책상 하나는 늘 당신을 위해 비워 놓고 있습니다.

'보수는 아낌없이' 라구요? 아이고, 관두세요. 지금도 온 마을 사람들이 당신의 은혜를 갚을 기회를 이제나저제나 하며 기다리고 있답니다.

＊

"그만둬, 쥬제페. 제발 부탁이니까 이제 그런 건 그만둬!"

새앙쥐는 쥬제페가 편지와 사망진단서를 서랍에 챙겨 넣고 다락방 궤짝을 마구 휘젓기 시작할 때부터 그가 뭘 할 작정인지 확실하게 알 수 있었다.

다락방에서 내려온 쥬제페는 휙휙 옷을 벗어제끼기 시작했다. 엄청 큰 패드를 어깨에 붙이고 몸에는 매트를 둘둘 만 다음 스웨터를 입더니, 군데군데 하얗게 스프레이를 뿌린 여자용 가발을 뒤집어썼다. 탐정용 화장도구를 끌어안고 세면실에 틀어박힌 사로잡힌 남자에게 새앙쥐가 마구 외쳐 댄다.

"그런 거, 보고 싶지 않아! 이 애송아!"

사실 말이지, 체형으로 봐도 무리잖아. 진단서에 의하면 타탄의 체중은 쥬제페의 두 배가 넘어. 그런데도 헐렁한 옷에 길다란 부츠를 신고, 얼굴에 여기 저기 점토를 바르고 주름살 만든답시고 엉터리 화장까지 하다니! 이런 말 하긴 그렇지만, 꼴사나워. 그 모양새는 타탄과 같은 냉철한 선생님이나 굉장한 코치가 아니라 석유통에서 불쑥 머리를 내민, 식중독 걸린 뱀 같아. 물론 그 면상도 사진 속의 타탄과 닮았다고는 도저히 말할 수 없지.

"적어도 말야."

쥬제페는 가쁜 숨을 몰아쉬며 말했다.

"해야 할 일이 무엇인지를 아는 동안에는 한눈팔지 말고 그걸 해야 해."

"틀렸어!"

괴상한 분장을 한 쥬제페는 새앙쥐의 말에도 머리를 가로젓고는 집을 나섰다.

밖은 밤이었다. 눈이 녹을 때의 풍경은 처참하다. 쥬제페는 갈색으로 질척해진 눈 녹은 길을, 굽 높은 장화를 끌며 걸었다. 공원을 지나 인심 좋은 정육점 모퉁이를 돌아서면 세 갈래 길이 나오고 거기서 왼쪽으로 가다가 세 번째 집. 그 벽돌집 3층에 페치카가 산다.

페치카의 창은 어두웠다. 노란 빛이 흔들흔들 움직인다. 지금 페치카는 촛불을 켜고 타탄의 사진을 보고 있는 걸까?

타탄, 지금 어디 있어요? 타탄……. 이렇게 중얼거리면서?

그녀의 목소리와 모습을 생각하니 쥬제페의 가슴에 용기가 솟았다. 해야 해!

두 주먹을 불끈 쥐었다. 그것은 물론 애처로운 용기였지만, 쥬제페는 망설임 없이 얼어서 곱은 손으로 비상용 사다리를 붙잡았다. 그러고는 단숨에 3층 창가까지 사다리를 대고 저울추 같은 장화를 들어올리며 곧장 올라갔다.

톡톡, 창을 두드린다.

잠시 뒤에, "누구?" 하고 유리창 너머로 소리가 들렸다.

나야, 타탄. 쥬제페는 외국어로 말했다.

커튼이 살짝 걷혔다. 쥬제페는 얼른 고개를 숙였다. 어둠 속으로 페치카의 창백한 얼굴이 희미하게 떠오른다.

"타탄 선생님!"

손으로 입을 가린 채 겨우 짜낸 그 목소리는 이 세상에서 가장 신비한 작은 새 같은 가녀린 목소리였다. 몇 번이나 몇 번이나 페치카는 그 이름을 불렀다. 그리고 고개를 좌우로 저으면서 말했다.

"아아, 역시. 하지만, 그래도, 도대체 어떻게……."

그녀의 말을 지워 버리려는 듯, 쥬제페는 빠른 어조로 대답했다.

"지금까지 연락 못 해서 미안해. 아, 안 돼! 창문을 열면 안 돼!"

왜 안 되느냐는 표정의 페치카에게, 쥬제페는 일부러 크게 헛기침을 했다.

"별 건 아닌데, 전염병이야. 의사 선생님 진단으로는 50센티 안으로 다가서면 반드시 옮는 병이라나 봐."

"타탄 선생님… 아파요?"

"걱정할 정도는 아니니 걱정 마. 난 주사를 맞고 있거든. 밤에는 사람이 뜸해서 나올 수 있는 거야."

그렇게 변명하며 둘러댄 쥬제페는 이쪽을 바라보는 페치카의 젖은 눈을 보면서 한편으로는 슬픔을, 다른 한편으로는 안도감을 느낄 수 있었다. 역시 그랬구나. 그래, 들킬 리 없어. 어차피 페치카의 마음은 타탄 선생님에게 사로잡혀 있는걸. 누구든 나타나서 "내가 타탄이야" 하면 그게 바로 훌륭한 타탄으로 보일 정도로 말야. 그것이 바로 사로잡히는 거거든. 사로잡힌 남자는 아주 잘 이해했다.

"페치카."

가능한 한 명랑한 말투로 쥬제페는 말했다.

"넌 건강해 보이는데. 그 동안 어떻게 지냈는지 듣고 싶은걸. 여러 가지 일들이 있었겠지? 얘기해 주지 않을래?"

겨울 바람이 '피융피융' 불어 댄다. 페치카가 입을 열었고, 쥬제페는 귀를 기울였다. 이미 다 들은 얘기였지만, 그 목소리는 여느 때와 확실히 달랐다.

유리창 너머로 듣는 탓인가?

아니, 그렇지 않아.

쥬제페는 생각했다. 그것은 상대가 타탄이기 때문이야. 어린 시절 학생으로 만나, 그 뒤로도 쭉 얘기를 들어 준 타탄 선생님에게 얘기하고 있기 때문이야. 페치카의 목소리는 딱 좋은 데서 나오고 있어. 본래 페치카의 목소리가 나와야 할 그곳에서 나오고 있어. 이 세상에는 페치카 자신과 타탄 선생님, 이 둘밖에 없다. 혹은 자신들이 있는 이곳 말고 이 세상이란 건 없다. 그녀는 마치 그런 느낌으로 이야기하는 것 같았다. 쥬제페의 귀에는 그렇게 들렸다.

"그리고 요즘, 겨울에는 풍선이 전혀 팔리지 않아서, 테이블 크로스를 만들거나 웃옷 안감을 고치거나 해요."

페치카는 외국어로 말했다.

"넌, 옛날부터 재봉을 잘 했으니까."

"후후, 선생님 옷, 정말 울퉁불퉁하네요."

페치카는 코를 훌쩍이더니,

"여전히 사이즈가 전혀 안 맞잖아요."

하고 말했다.

"그래도 맘에 드는걸. 그냥 이대로가 좋아."

"그런 것도 하나도 안 변했어요. 선생님 얼굴, 3년 전이랑 거의 똑같아요."

페치카는 이런 말까지 했다. 그리고 기침을 하더니,

"그런데 선생님, 팀 상태는 어때요?"

하고 물었다.

"팀?"

"타탄 선생님……."

페치카는 눈을 동그랗게 떴다.

"하키 그만뒀어요? 아파서요?"

"그만둬? 내가? 아이스하키를?"

아이스하키에 대해 그때까지 전혀 흥미가 없던 쥬제페는 내심 식은땀을 흘리면서 얼른 기묘한 스윙 폼을 보이며 과장된 웃음을 던졌다.

"무슨 소리야. 오늘도 하키 하고 오는 길인걸. 좋지, 하키."

"타탄 선생님."

사다리 위에서 쥬제페는 춤을 췄다.

"이 도시에서는 정말 얼음이 제대로 얼어. 작년에 우승한 그… 그… 프로팀이 바로 이런 얼음에서 연습을 했겠지? 정말 부러운걸."

쥬제페는 머릿속으로 그 하키 팀 이름을 필사적으로 생각해 보려 했지만 전혀 떠오르지 않았다.

한동안 침묵하던 페치카는 쥬제페를 올려다보며 드디어 입을 뗐다.

"됐어요, 선생님."

페치카는 눈꼬리를 손가락으로 문지르며 가만히 속삭였다.

"미안해요, 잠시 놀란 것뿐이에요. 그렇게 사로잡혀 있던 하키인데, 그만둬야 했다니. 제가 괜한 걸 말했나 봐요. 정말 미안해요. 얼마나 괴로운… 사정이 있었겠어요?"

어쩌면 이렇게 슬픈 목소리로 말할까. 마치 페치카의 얼굴에 드리웠던 어두운 그림자가 하나씩 말로 변하여 나오는 것만 같았다.

"페치카, 난 아이스하키를 그만두지 않았어."

그리고 사로잡힌 남자 쥬제페는 가슴 깊은 곳에서, 타탄 선생님이라면 이런 말을 할 것이라고 생각했다. 난 알아, 분

명 이렇게 말할 거야. 이건 중요한 거야, 내가 타탄 선생님
이라면 이렇게 말했을 거야. 그걸 말해야 해.

"내가 사로잡혀 있는 것은 하키가 아니라 아이들이야. 내
주위에 있어 준 멋있는 사람들이야. 그리고 잘 알겠지만, 특
히 너야."

페치카는 순간 놀란 표정을 짓고는 이내 천천히 고개를
끄덕였다. 쥬제페는 그 눈 속 깊은 곳에서 일렁이는 투명한
빛을 보고는 가슴이 납작하게 부서져 내릴 것만 같았다. 그
래도 타탄 선생님이라면, 이쯤에서 싱긋 웃었을 거야. 쥬제
페도 물론 그렇게 했다. 그 미소 띤 얼굴을 페치카에게로 향
했다.

"오늘밤은 이제 그만 가 봐야겠는걸. 너무 늦었어."

목구멍의 덩어리를 꿀꺽 삼키며, 쥬제페는 태연하게 말
했다.

"내일도 이 시간쯤이면 올 수 있어. 내일 여기서 또 보
자."

"커튼 젖혀 놓을게요."

"아니, 위험해. 커튼은 지금처럼 그대로 쳐 놓도록 해. 내
가 오늘처럼 창문을 두드릴 테니까."

쥬제페는 천천히 사다리를 내려왔다. 얼어 버린 발가락에
는 감각이 없어졌고, 목줄기엔 원숭이가 나무에 달라붙어
있듯 두통이 달라붙어 있었다. 눈길 위로 무거운 장화를 끌
며 정육점 유리판매대를 지나가는데 우체통 그늘에서 떨리
는 목소리가 들려왔다.

"넌 바보야, 세상에서 제일가는 바보야!"

새앙쥐는 유리알 같은 눈물을 흘리며 말했다.

"왜, 어쩌자고, 그런 일을 하는 거야?"

쥬제페는 새하얀 입김을 내뿜으며 조용히 웃었다.

"어쩔 수 없어. 난 어리석은, 사로잡힌 남자니까."

*

그것은 정말 지독한 겨울이었다. 온도계 바늘은 바닥 쪽
에서 겨울잠이 들어 버린 것 같다. 눈은 내리는 도중에 얼음
으로 변해 툭툭 지붕에 부닥치며 음산한 소리를 냈다. 앰뷸
런스가 꽁꽁 얼어붙은 도로 위에 타이어 자국을 남기며 달
려간다. 동물원은 폐쇄됐다.

텅 빈 동물원의 물새연못, 물론 그 주위에는 아무도 없다.
그 빙판 위에서 쥬제페는 하루도 빠짐없이 아이스하키 연습

에 몰두했다. 스틱을 쥐고 앞으로 달리고 뒤로 달리고, 보이지 않는 상대에게 패스, 재빨리 뒤돌아서 리시브. 팩을 휘익 공중에 띄워 올리는 개구리뜀 기술까지.

스틱을 휘돌려 올려서 배팅 숏.

마지막으로 온 힘을 다한 슬랩 숏.

해가 지면, 매일 밤 페치카에게로 간다. 그리고 아이스하키의 매력에 대해서 얘기했다. 학생들에게 지도하는 어려움을 농담 섞어 얘기한다. 페치카는 창 건너편에서 고개를 끄덕인다. 촛불에 비친 페치카는 소름끼칠 정도로 아름답다. 사다리 위의 쥬제페는 한 손에 스틱을 쥐고 휙휙 팩을 날려 보이기도 한다. 프로선수 수준의 능란함으로. 대단해, 역시 사로잡힌 남자다워.

"이걸 봐."

쥬제페는 손바닥을 펴서 창에 댔다.

그러자, 페치카의 얼굴에 웃음이 어린다. 그리운 듯이 창 건너에서 유리창에 손을 마주대고,

"선생님 손가락의 굳은 살. 하키 때문이지요? 창을 열고 만져 보면 안 되나요?"

하고 간절한 목소리로 물었다.

"으응? 안 돼."

쥬제페도 유리창을 부드럽게 어루만지며 대답했다.

"아직 의사 선생님이 사람들과 접촉하는 건 안 된다고 하니까."

"때때로 나, 선생님의 말, 생각나요."

작은 손바닥을 겹치면서 페치카가 말했다.

"겨울 시즌이 끝날 때마다 선생님이 한 말, '이 겨울!' 하고 외쳤던 거 말이에요."

쥬제페가 깜짝 놀란 표정을 짓자 페치카는 웃음을 터뜨린다.

"언제나 큰 목소리였어요. 이 겨울, 얼음 위에서 우리들이 몸으로 배운 세 가지 소중한 것은 무엇이냐, 하고……."

"어… 그, 그래."

타탄으로 변신한 쥬제페는 어정쩡하게 맞장구친다.

"하나, 얼음 위의 우리는 언젠가 반드시 넘어진다."

페치카는 계속했다.

"둘, 넘어질 때까지는 오로지 앞으로 앞으로 미끄러져 나간다."

"그래, 브레이크 따위 없이 말야."

쥬제페가 끄덕이자, 페치카는 잠시 여유를 두고 다시 말
한다.

"셋, 넘어질 때, 넘어지는 그 순간에는 자신에게 가장 소
중한 사람을 생각한다. 그 사람의 이름을 부른다. 그러면 넘
어져도 크게 다치지 않는다. 그렇게 넘어지는 것은 결코 헛
일이 아니다."

"그랬었지. 정말 소중한 거야."

하지만 솔직히, 쥬제페는 잘 모르겠다. 사로잡힌 남자가
하키 연습을 하다 넘어질 리 없고, 가장 좋아하는 페치카의
이름이라면 늘 부르고 있지 않은가.

"그래요, 선생님. 그런데 아직 말하지 않은 게 있
어요!"

쥬제페는 얼굴을 들었다.

"친구가 생겼어요, 이 거리에서. 상냥한 사람
이에요. 쥬제페라는."

그때까지와는 전혀 다른 페치카의 말투에,
타탄이 된 쥬제페는 당황하고 만다.
그런 사실을 눈치채지 못한 페치카
는 노래하듯 계속 말을 이었다.

"그는 언제나 혼자예요. 하지만 거리의 사람들이 다들 그를 좋아하지요. 말이 없지만 뭐든 잘 알아요. 쥬제페를 알고부터 신기한 일이 자꾸만 일어나요. 그냥, 아주 신기한 일들이."

쥬제페는 말없이, 간신히 미소를 지어 보였다. 가슴이 답답하다. 어째서일까? 자신에 대해 얘기해 주고 있는데 진땀이 난다. 내 이름을 말해선 안 돼, 페치카! 쥬제페의 입에서 그만 그런 말이 튀어나올 것만 같다.

잠깐 페치카의 말이 멈추었다.

"선생님, 얼굴색이……."

"으응, 괜찮아."

"미안해요. 내가 멋대로 떠들어 대서."

"걱정 마. 아무 일도 없어."

강한 북풍이 쥬제페의 등을 때린다. 사다리가 아주 조금 휘면서 끼이익 소리를 낸다.

페치카는 잠자코 있다. 쥬제페도. 차가운 유리창 너머에서 서로가 손바닥만 마주 대고 있다. 유리창은 두 사람을 나누는 투명한 얼음이었다. 그 유리를 통해서 방안의 정경이 희미하게 쥬제페의 눈에 들어왔다. 벽에는 하키 팀의 사진

이 가득 붙어 있다. 그 사진 모두, 한가운데에는 타탄 선생님이 있을 것이다. 천장에는 검은 천으로 싸인 잉꼬 새장이 매달려 있다.

낮에는 하키연습, 밤에는 페치카의 창. 이렇게 열흘 정도 계속하는 동안, 쥬제페의 몸에 변화가 일어나기 시작했다.

얼굴에 미소가 떠나지 않고 눈에는 애정이 담뿍 담겼다.

등과 어깨에 마치 혹처럼 단단한 근육이 솟아오르기 시작했다.

걸음걸이는 약간 팔자걸음에, 몸을 좌우로 흔들며 걷는 습관이 붙었다.

목소리조차 변했다. 전에는 어느 쪽인가 하면 좀 몽롱한 느낌이었는데, 이젠 굵직하게 울리는, 사람을 안심시키는 톤으로 변했다.

그 목소리로 새앙쥐를 부른다.

"어이, 새앙쥐. 식사 시간이다."

새앙쥐는 잔뜩 겁을 먹고 조심조심 냉장고 구석에서 나온다.

"쥬제페, 너, 이상해."

"이상하다니?"

아주 짧은 간격을 두더니, 배를 흔들며 웃음을 터뜨리는 쥬제페.

"그런 말은 수도 없이 들어서 나도 잘 알아. 자, 네 영양 밸런스를 생각해서 만든 특제 아침밥이야. 강해져야 한다. 나를 한방에 날려 버릴 만큼 말야."

새앙쥐는 당황하면서 접시의 음식에 입을 댄다. 그런데, 이게 정말 맛있단 말야. 더군다나 먹는 도중에 몸에 힘이 넘치는 느낌이 든다. 새앙쥐는 접시의 음식을 게걸스럽게 먹어치웠다. 보통 쥐처럼 접시를 깨끗이 핥아먹고, 불쑥 고개를 드니 쥬제페가 반쯤 정신나간 표정으로 서 있다.

"쥬제페?"

"으응, 너구나."

이제 쥬제페는 전과 같은 몽롱한 목소리로 대답하고, 한숨을 내쉰다.

"몸이 너무 무거워. 요 며칠 동안 정말 피곤해."

"너무 무리하기 때문이야!"

새앙쥐는 반짝거리는 접시를 살짝 뒤로 숨기면서 덧붙였다.

“인상까지 변했어. 뭐랄까… 미안. 쥬제페, 나, 왠지 무서워.”

쥬제페는 희미하게 웃으며 무슨 말을 하는 거야, 하고 중얼거린다.

“자아, 여하튼, 하키 연습 하러 가야지.”

스틱을 잡자, 쥬제페의 표정은 또다시 순식간에 변했다. 어깨를 떡 하니 펴고, 새앙쥐에게 무슨 말인지 모를 외국어 노래를 시끄럽게 외쳐 대면서 하키 유니폼을 입는다. 그리고는 양팔을 휙휙 돌리며 성큼성큼 방을 나간다.

눈이 적게 온 날은 때때로 밖에서 동네 아이들에게 하키를 가르치기도 했다.

“이봐, 팩이 아니야, 상대의 스케이트 날을 보는 거야! 스틱이 가리키는 방향을 보란 말이다!”

“잘 한다, 잘 빼앗았어! 천재구나, 너. 그럼 천재는 이제 좀 쉬거라.”

“제법 괜찮은 페인트 모션이긴 한데, 그런 도둑 같은 눈으론 안 돼. 당당하게 하는 거야. 훔치는 게 아냐, 자기 것을 찾아오는 거니까!”

아이들은 땀으로 목욕을 할 만큼 하키에 열중했다. 매일

매일 이 뚱뚱한 코치가 오기를 마음 속으로 기다리게 되었
다. 부모들도 창가에 서서 아이들이 벌이는 거리의 하키 시
합을 내다본다. 코치가 어딘지 모를 곳으로 떠나고 나면 거
리는 갑자기 냉기를 더하고, 아이들도 차례차례 집안으로
뛰어든다. 그리고 말한다. 누구지? 저 사람, 이름이 뭐였더
라? 여태껏 못 보던 사람이야. 저런 멋진 아저씨가 언제 이
동네로 이사를 온 걸까?

*

　정말 엄청난 겨울이었다. 3월이 다 되어 가는데도, 매일 매일 최저 기온 기록이 갱신되고 있는 지경인데다가 교통망도 올스톱 상태다. 학교도 회사도 쉰다. 한낮의 거리에서는 옷을 잔뜩 껴입은 아이들이 이리 저리 굴러다니듯이 하키 놀이를 한다. 물론 그 자리 한가운데에는 늘 뚱뚱한 코치가 함께 있었다.

　단, '그날'이 오기 사흘 전쯤부터는 화약총알 같은 아이들조차 외출이 허락되지 않았다. 그만큼 세상이 온통 꽁꽁 얼어붙고 말았던 것이다. 마치 거리 전체를 큰 얼음덩이가 내리누르고 있는 듯한 그런 날이었다.

그날 밤 아직 이른 시간, 말을 할 줄 아는 새앙쥐는 그날 밤이 올겨울 중에서도 가장 추운 밤이 될 것이라는 느낌을 받았다. 그래서 페치카에게 가려는 사로잡힌 남자를 말렸다.

"가지 마, 쥬제페!"

새앙쥐는 쥬제페의 유니폼 소맷자락에 매달려 필사적으로 막았다.

"어제부터 감기 기운이 있잖아!"

쥬제페는 몽롱한 상태에서 새앙쥐가 물고늘어진 하키 유니폼을 잡아 뺐다. 모피 부츠를 신고 하키 스틱을 잡으려고 손을 뻗었다. 스틱으로 바닥을 찧자 똑, 스틱 목이 부러졌다. 건조한 공기에 너무도 낮은 기온 탓이었을까? 아니면 사로잡힌 남자의 맹훈련 탓이었을까? 쥬제페는 머리를 흔들더니 부러진 스틱 대신에 낡은 빗자루를 잡았다.

"쥬제페, 쥬제페 내 말 좀 들어 봐. 이런 밤에 밖에 나갔다가는 얼어 죽을지도 몰라!"

새앙쥐는 뒷발로는 문 손잡이를 잡고 앞발로는 쥬제페에게 매달려 필사적으로 못 가게 말렸다. 하지만 역시, 새앙쥐, 그 힘이란 게 뻔했다. 게다가 쥬제페의 체중은 요 두 달 사이에 이미 일백 킬로그램을 넘어 버렸다.

타탄이 되어 버린 쥬제페는 새앙쥐를 매단 채로 밤거리를 걸어간다. 여기 저기 고드름이 매달려 있고, 땅 위에도 얼음이 묘한 형태로 솟아 있다. 자동차들도 꽁꽁 언 길바닥에 얼어붙어 있다.

빗자루를 지팡이삼아 걸어가는 쥬제페의 걸음걸이는 느리다. 새앙쥐를 유니폼 밑으로 밀어넣고 그 위를 살짝 쓰다듬는다.

정말 조용하구나. 소리마저 공중에서 얼어붙은 것 같아.

타탄이 된 쥬제페는 간혹 빗자루를 꽉 쥐면서 주머니 속에 손을 넣어 하키 팩을 휘휘 찾았다. 그러면 괜스레 힘이 솟는 느낌이 들어 걸음 폭도 자연히 커졌다. 하지만 그 힘은 그러다가도 갑자기 쪼그라든다. 겨울 풍선 같다. 쥬제페는 이렇게 홀로 사그라든다. 으-응, 빗자루로는 잘 안 될까? 왠지 오늘밤은 평소랑 느낌이 달라.

감기 탓일까?

아무도 없는 밤, 공원은 새하얗다. 연일 내린 눈으로 꽝꽝 얼었다. 그래, 바로 아이스반이란 놈이지.

타탄이 된 쥬제페는 빗자루로 몸을 겨우 지탱하며 뒤뚱뒤뚱 얼음 위를 나아간다. 발걸음은 불안하게 흔들리고 있지만, 한발 한발 꾸준히 나아간다. 저 화려한 분수 옆을 지나친다. 동물 조각은 모조리 얼음에 싸여 어느 게 사슴이고 어느 게 사자인지 구별조차 할 수 없다. 페치카가 풍선을 팔던 벤치 앞을 지나간다. 부서진 썰매 하나가 버려져 있다.

쥬제페는 공원을 벗어났다. 정육점은 물론 문을 닫았지만, 그 안에서 누군가가 큰 소리를 지르는 것이 셔터 너머로 들려온다. 쥬제페는 빗자루를 고쳐 잡고 한발 한발 페치카의 벽돌집으로 다가갔다.

사다리에 달라붙은 얼음을 깨고 창가에 서기까지 삼십분이나 걸렸다. 때때로 어지럼증이 일었지만, 팩을 만지면 다시 괜찮아졌다. 나는 타탄, 나는 저 훌륭한 타탄이다! 쥬제페는 그렇게 중얼거리면서 사다리 계단에 통나무같이 무거운 부츠를 천천히 올려놓는다. 한단, 또 한단. 3층 창가를 올려다본다. 가슴에 힘이 솟는다. 그래, 나는 타탄이다.

톡 톡.

창을 두드려 본다. 응답이 없다.

다시 한 번, 톡 톡.

너무 일찍 왔나? 닫힌 창문 커튼 건너로 촛불도 보이지 않는다. 페치카는 시장에 가게를 낸다고 했었다. 이렇게 춥

다 보니 아마 집에 오는 데 시간이 걸리나 보다.

쥬제페는 사다리 위에서 자세를 바로잡았다. 심호흡을 하려니 차가운 공기 때문에 폐가 아팠다. 가슴께의 새앙쥐에게 말을 걸어 본다. 하지만 말을 할 수가 없다. 위아래 입술이 얼어서 붙어 버렸다.

쥬제페는 창 쪽을 보고는 깜짝 놀라 눈을 부릅떴다. 검은 커튼을 배경으로 가로등 불빛에 드러난 얼굴, 그것은 꽤 오래 전에 본 타탄의 얼굴 사진과 쌍둥이처럼 똑같다. 추위 탓에 조금 풀죽어 보이긴 했지만, 그것은 전혀 쥬제페 자신의 얼굴이 아니었다. 흰머리가 섞인 긴 머리카락, 끝이 뭉툭한 코에 은테안경. 각이 진 턱에는 며칠 동안 깎지 않아 더부룩한 수염. 튼튼한 목. 그리고, 뭔가 큰 것을 그 안에 간직한 듯 부드러운 시선. 그 얼굴은 의심할 나위없이, 저 훌륭한 교사, 아이스하키의 명코치, 타탄 선생님의 것이었다.

사다리 꼭대기에서 머리를 흔들어 몽롱함을 떨쳐 낸 쥬제페는 다시 유리창의 얼굴로 빠져들었다. 입술이 얼지 않았다고 해도 아마 아무 말 못 했을 것이다. 몹시 긴 시간 동안, 쥬제페는 움직이지 않았다.

"있지, 너."

새앙쥐가 품안에서 우물우물 불분명한 목소리로 말을
건다.

"괜찮지? 기절하진 않았겠지?"

그 말에 대답하듯이 움찔움찔 가슴께가 솟아올랐다. 아
아, 괜찮구나, 하고 새앙쥐는 마음을 놓았다.

쥬제페는 그 사이에 생각했다.

'잘 됐어, 페치카!'

이제 곧 난, 진짜 타탄 선생님이 될 것 같아. 몸이랑 얼굴
이랑 봐 줘. 이렇게 됐어. 그 동안은 미처 깨닫지 못했는데,
머릿속도 어쩌면 벌써 반쯤은 타탄 선생님이 된 게 아닌가
싶어. 그래, 이제 곧 내가 타탄 선생님 그 사람이 되는 거야!

사로잡힌 남자, 쥬제페는 이렇게 생각했다.

그렇게 되면, 으-음, 그러니까 난 없어지는 건가? 그래도
있지, 페치카. 난, 슬프지 않아. 정말이야. 난 말이지, 바보
멍청이인 내가 이런 훌륭한 선생님이 될 수 있다니, 정말 영
광이야. 게다가 무엇보다도 네가 기뻐할 거잖아. 타탄 선생
님 손을 직접 잡아 볼 수 있을 테니까.

정말로 만져도 된다구.

바보 같은 사로잡힌 남자이지만, 그래도 내가 조금은 네

게 도움을 줄 수 있었나?

맞아, 똑똑한 새앙쥐 친구가 언젠가 말했었지.

내가 진심을 가지고 계속한다면 보상을 받을 거라고. 뭐든 아주 작은 거라도.

작은 게 아냐.

네게 진짜 미소가 돌아오는걸.

정말 잘 됐어, 페치카…….

"쥬제페, 누군가 있어!"

새앙쥐의 목소리에 쥬제페는 퍼뜩 정신을 차리며 눈을 떴다. 눈썹에 붙어 있던 얼음이 투두둑 부서져 떨어진다. 커튼은 열리지 않았다. 한들거리지도 않는다. 주위는 여전히 조용하고 어둡다. 가로등 속, 공중에 매달린 사다리 위의 쥬제페와 그 품 속의 새앙쥐. 그 밖에 여기 누가 또 있다고?

"쥬제페, 저거 봐, 창에 비치잖아!"

쥬제페는 다시 한 번 창으로 시선을 옮겼다. 거기에는 분명히 희끗희끗 백발이 섞인 중년남자, 타탄의 얼굴이 비치고 있다. 무슨 소리야, 너. 쥬제페는 가슴 속에서 새앙쥐에게 말했다. 이건 내 얼굴이야. 그래, 하긴 이제 곧 내가 아니게 되지만. 그래도 있지, 아직은 말야…….

그때, 유리창 속에서 이상한 변화가 일어났다.

쥬제페는 자신의 눈과 귀를 믿을 수 없었다.

새앙쥐도 쥬제페의 품안에서 다 보고 있었다고 한다. 그 순간 너무나 깜짝 놀라서 돌돌 만 꼬리를 그만 깨물고 말았다나. 새앙쥐는 그 뒤에 일어난 일도 모두 아주 세세한 부분까지 기억했다.

둘 다 추위 때문에 어떻게 된 걸까?

환상? 환청?

그럴지도 모르지. 하긴 그것으로 설명이 안 되는 바는 아니지만, 그래도 둘 다 그것은 분명히 진짜였다고, 지금도 그렇게 주장하며 한 발도 양보하지 않는다. (언젠가 직접 들어보길.)

"자넨 오늘 밤, 아직 아무것도 안 먹었지? 쥬제페 군."

유리창에 비친 타탄의 얼굴이 이렇게 말했다고 한다.

"그렇게 하면, 자네 그 마른 몸이 더 말라 버려. 앞으로는 제대로 먹어야지. 기본적으로 새앙쥐 군의 식사와 영양 밸런스 면에서는 같아야 해. 페치카가 레시피를 알고 있으니까, 의식적으로라도 철분을 섭취하도록 하게."

쥬제페는 놀란 나머지 빗자루를 손에서 놓아 버린다. 그
렇지만 빗자루는 얼어서 장갑에 착 달라붙어 있다. 쥬제페
의 입술 역시 아까부터 얼어붙어 있고, 몸도 꼼짝달싹할 수
가 없다. 그런데도 유리창에 비친 얼굴은 한마디 한마디를
분명하게 말하고 있다.

굵직하게 안정된 목소리다.

"자네는 정말 좋은 근육을 타고났어."

그 얼굴은 잘 알아듣도록 타이르는 듯 고개를 끄덕이기까
지 했다.

"내가 실제로 지도하고 싶어서 안타까울 지경이야. 그리
고 새앙쥐 군, 자네는 지방분을 지나치게 먹었어. 피자나 소
시지는 잠시 참게나. 아래층 아이들한테 초콜릿 받아 먹는
것도 일체 그만두라구. 심한 말이라고 생각하지는 말게. 초
콜릿은 심장에 나쁘기 때문이니까."

"심장?"

새앙쥐도 그만 되묻고 말았다.

"그래, 심장."

그때까지 쥬제페 외에는 그 누구에게도 들리지 않던 새앙
쥐의 말을 알아들은 듯 유리창의 타탄 선생님은 크게 끄덕

이며 계속 말했다.

"자네 심장은 남들 크기의 백 분의 일밖에 안 되지 않나. 그런 자네가 남들하고 같은 양을 먹으면 어떻게 되겠어? 상상이 가지? 주머니에 모래밭의 모래를 몽땅 채우려 들면 어떻게 될까? 심장은 뺑! 하고 터질 거야."

뺑, 하고 양손을 마주치는 소리까지 들렸고, 그 순간 쥬제페의 손에서 빗자루가 떨어져 나갔다. 3층 아래 길에 떨어진 빗자루는 천천히 퉁겨 올랐다. 추위는 더욱 기세등등해져 있었다.

"그런데, 쥬제페 군."

창에 비친 타탄 선생님은 다시금 쥬제페를 향해,

"자네 스케이팅에는 전혀 문제가 없어. 단, 스틱의 그립을 주먹 한 개만큼 넓혀 보라구. 슛의 정확도가 훨씬 좋아질걸. 하키에 대해서는, 이 정도로 하지. 다음으로 방 수선인데……."

하고 말을 이었다.

쥬제페와 새앙쥐는 홀린 듯이 듣고 있었다. 모든 말이 귓속에 쏙쏙 들어왔다. 살아 있을 때는 말할 것도 없고, 지금 봐도 정말 우수한 선생님이구나, 이 타탄이란 사람은.

타탄 선생님은 유리창 속에서 머뭇거림 없이 이야기를 계속했다.

쥬제페가 읽으면 좋을 다섯 권의 책.

꼭 방문해야 할 세 개의 산, 세 개의 해안.

쥬제페가 아니라도 누구나 아주 좋아할 특제 과일 주스 만드는 법.

새앙쥐의 낙원이라 일컬어지는 남쪽 섬이 있는 곳.

쥬제페라면 분명 마음에 들어할 술주정뱅이 늙은이 하키 선수의 주소.

그리고 페치카가 좋아하는 외국어 속담.

쥬제페의 코에 고드름이 달렸다. 새앙쥐는 그걸 앞발로 톡 걷어 내고,

"어째서, 왜, 그런 걸 우리들에게 알려 주는 겁니까?"
하고 물었다.

"나는 없어질 테니까."

타탄 선생님은 전혀 틈을 두지 않고 곧바로 대답했다.

"그리고, 감사인사를 하고 싶었거든. 쥬제페 군, 자네는 확실히 엉뚱한 사내야. 하지만 상상도 못 할 용기를 지니고 있어. 그 덕분에 페치카는 구원 받을 거야. 그리고 나

까지도."

아무런 말이 없는 쥬제페는 이제 온몸이 서리로 뒤덮여 새하얗게 되어 버렸다. 눈동자마저도 얼음이 되었다.

"그 사고가 있었을 때……."

창 속의 타탄은 계속 말했다.

"사고 때, 나는, 홀로 남겨질 페치카를 미처 생각지 못했어. 두려움에 떠는 아이들 생각으로 필사적이었지. 등을 아래로 하고 몸을 던졌을 때, 그때라도 그 애의 이름을 불러 주어야 했어. 그 학생들은 내가 없어졌다고 해도 얼마간의 시간이 지나면 앞으로 어떻게 살아가야 할지 분명 스스로 알게 돼. 내 죽음을 극복하고 앞으로도 시합 때면 집중하여 스틱을 휘두르고, 결국 좋은 하키 선수가 될 거야. 하지만 난 정말 바보였어. 나는 소중한 페치카에게 아무것도 남겨 줄 수가 없었어. 그래서……."

얼음이 쥬제페의 몸을 압박해 들어오며 욱신욱신 짓누른다. 새앙쥐는 쥬제페의 품 속에서 차가워져 가는 그의 가슴을 앞발로 열심히 문질렀다.

"그래서, 내 일부가 그 아이의 마음에 붙어 버렸어. 나는 깨끗하게 이 세상에서 사라질 수가 없었던 거야. 요 2년 동안 여덟 번 계절이 바뀌는 동안 그 애와 나는 계속해서 하얀 겨울 속에서 살아야 했지. 길고 긴 겨울이었어. 너무 길고 지독한 겨울이었지. 하지만 그 겨울을 벗어나서 드디어 자네를 만나게 되었다네. 사로잡힌 남자 쥬제페, 자네를 말야.”

타탄 선생님의 눈에 눈물이 고였다. 그 눈물은 얼음이 되지 않고, 봉긋한 그의 뺨 위로 한 줄기씩 흘러내렸다.

“쥬제페 군, 그 공원에서 샌드위치를 쥐고 있는 자넬 불렀던 건 나였는지도 몰라. 나를 위해, 페치카를 위해. 그리고 자네는 우리들 두 사람에게 사로잡혀 주었지. 새앙쥐 군, 자네가 말한 대로 정말 완벽하게 말야. 쥬제페 군, 자네는 기억하지 못하겠지만 이 겨울 내내 나는 자네 몸을 통해 페치카와 많은 이야기를 나누었어. 페치카도 얘기해 주었어. 그 애가 자네 얘기를 했을 때, 아아 이젠 됐다, 싶었지. 난 알았어. 페치카에게는 이제 이 세상에 쥬제페, 자네가 있다는 것을.”

타탄은 조금 쓸쓸히 웃었다.

“그 애도, 의심할 나위 없이 처음부터 자네에게 사로잡혀 있었어. 고맙네. 자네에게는 정말 신세를 많이 졌어. 그리고 기쁘기 그지없는 건, 자네 덕분에 아이들과 하키를 할 수 있었다는 거야. 자네들에겐 괴롭고 추운 겨울이었겠지. 하지만 그것도 오늘로 이제 끝이네. 정말 고마워, 쥬제페 군. 난 이제야 이 세상을 떠날 수 있게 됐네."

그리고, 타탄 선생님은 회중시계에 눈길을 돌렸다.

"슬슬 시간이 되어 오네. 그럭저럭 알맞게 된 것 같군."

새앙쥐는 물었다.

"무슨 뜻입니까?"

"보게, 들리지 않나? 저 소리. 저 멀리서 다가오는 높은 사이렌 소리가."

사이렌? 새앙쥐는 귀를 기울였다. 정말이었다. 로프웨이 사고가 나던 그때처럼 그냥 위로삼아 하는 말이 아니다. 희미하게, 하지만 분명히 겨울밤의 얼어붙은 공기를 휘젓는 사이렌 소리가 들린다. 게다가 그 소리는 점점 더 가까이 다가온다.

유리창의 타탄이 말했다.

"마지막으로 한마디만… 자네가 용기를 내서 해야 할 일이 남아 있네."

사이렌이 공원 모퉁이를 돌아오고 있었다.

"알겠지?"

창 속의 타탄은 똑바로 이쪽을 바라본다.

"사로잡힌 남자의 용기로, 나를, 그녀 안의 죽음을, 깨끗이 몰아내기 위한 단 하나의 방법이야."

"그런 거, 몰라요."

새앙쥐는 소리질렀다.

"그런 거, 갑자기 하라고 해도……."

타탄 선생님은 슬픈 표정으로 미소짓고, 흔들림 없는 말투로 말했다.

"쥬제페 군은 알고 있네."

사이렌 자동차가 정육점 모퉁이를 돌았다. 이리저리 미끄러지느라 끼익끼익 소리를 내며 맹렬히 달려온다.

유리창에 비친 타탄 선생님이 고개를 끄덕였다.

새앙쥐의 머리 위로 조각난 얼음이 쏟아져 내렸다. 올려다보니 쥬제페가 입을 열려고 애를 쓰고 있었다.

"타탄 선생님."

얼어터져 피가 스민 입술 사이로 쥬제페의 목소리가 겨우 새어나왔다.

"나, 당신에게 사로잡혀서, 정말 좋았어요."

"쥬제페 군."

창문에 비친 타탄이 말했다.

"꼭 한 번 자네와 하키를 하고 싶었네. 최강의 팀이 됐을 텐데 말야."

사이렌 자동차의 문이 열린다. 누군가 얼음 위를 쏜살같이 달려오는 듯, 급박한 발소리가 뒤에서 들려온다.

쥬제페는 다시 한 번 유리창을 보았다. 이제 그 얼굴은 침묵하고 있다. 가만히 이쪽을 바라다볼 뿐이다. 쥬제페는 자신의 언 입술 사이로, 안녕히, 라고 중얼거리는 소리가 새어 나오는 것을 들었다. 쥬제페는 망설이지 않았다.

망설임 없이 높은 사다리와 함께, 등을 아래로 향한 채 몸을 던졌다.

머리끝부터 떨어지면서 쥬제페는 언 몸을 동그랗게 움츠렸다. 도로는 꽝꽝 얼어붙어 있다. 공중에서, 페치카, 하고 작게 이름을 불러 보았다. 그러자 그 말에 답하듯이,

"쥬제페!" 하고 부르는 간절하고 커다란 외침이 들려왔다.

쥬제페는 몸에 힘을 빼고 살짝 눈을 감았다.

그래, 그렇게 하는 거야.

3층 높이에서 거꾸로 떨어진, 사로잡힌 남자의 새하얀 등을 가느다란 양팔이 꼭 안아서 받아 주었다. 거기서 그렇게

받기로, 처음부터 정해져 있던 것처럼. 쥬제페, 쥬제페! 그 목소리는 분명 그렇게 불렀다. 타탄 선생님, 이라고 부른 것이 아니었다. 쥬제페, 날 좀 봐요! 아아, 큰일났어, 쥬제페!

"아아, 쥬제페!"

얼어붙은 목은 움직이지 않는다. 낡은 빗자루가 사다리 옆을 구르고 있다.

페치카는 쥬제페를 안은 채로 사로잡힌 남자를 무색하게 할 정도의 삼단뛰기로 단숨에 자신의 방까지 뛰어올라갔다.

온몸에 극심한 동상, 폐렴, 기관지염과 다시 도진 천식.

가슴께에는 작은 새앙쥐.

유니폼 주머니에는 하키 팩.

이것들과 함께, 사로잡힌 남자 쥬제페는 그가 너무너무 좋아하는 페치카의 방에 처음으로 들어갈 수 있게 되었다.

페치카의 고백

*

천장은 깊은 감색으로 칠해져 있다. 페치카의 고향 하늘이 바로 이런 색깔이란 걸 페인트 붓으로 그린 깃털 구름으로 알 수 있다.

쥬제페는 몽롱한 눈으로 감색 천장을 바라보면서 생각했다. 이 침대에서 내가 꼬박 사흘을 누워 지내는 동안 페치카는 도대체 어디서 잔 걸까? 나중에 안 일이지만 트위스트 두목이 번화가의 고급 호텔에 방을 구해 주었다고 한다. 페치카는 매일 해가 뜨기 전에 쥬제페가 누워 있는 방에 와서 수프를 끓이고 붕대를 갈고 베개 커버를 갈아 준 다음에야 자신의 일을 시작했다.

갑자기 움직이기라도 하면 목이며 가슴이 욱신욱신 아프
다. 동상까지 걸렸으니 전치 1개월이군, 하고 의사는 말했
다. 당분간은 절대 안정해야 한다는 것이다.

쥬제페는 머리를 옆으로 돌렸다. 거기에 페치카가 있다.
의자에 앉아서 때때로 꾸벅꾸벅 졸고 있다. 그럴 만도 하지,
호텔에 돌아가서도 쥬제페 걱정에 한숨도 못 자니까.

페치카에게는 휴식이 필요했다. 침대에 누운 쥬제페의 베
갯머리에 엎드려 페치카는 처음으로 마음놓고 한 가닥 근심
도 없이 평온한 숨소리를 내면서 잠들 수 있었다.

4일째 되는 날 오후, 벨소리가 요란하게 울리더니, 머리
에 스카프를 두른 뚱뚱이 아줌마가 허리를 흔들며 들어섰
다. 초록색 투피스, 번쩍이는 루즈, 그리고 무엇보다도 생뚱
맞은 것은 은으로 된 꽃장식이 달린 큼직한 선글라스였다.

페치카는 벌떡 일어나서 두 팔을 벌리고,

"엄마!"

하고 끌어안았다.

"페~치카……."

페치카의 어머니는 딸의 등을 쓸어 주면서 낮은 목소리로
노래했다. 그리고 빠른 외국어로 말했다.

"어머 못 쓰겠네, 그만 버릇이 되어 버려서. 인사까지 노래로 할 건 없었는데. 하지만 말이다. 페치카, 너도 어떠니, 노래하는 게? 이 세상에 아침이 온단다! 노래는 삶을 바꿔줘!"

페치카는 쿡쿡 웃었다. "나도 노래는 좋아해요, 하지만 지금은 사양할게요."

"선생님."

이번에는 쥬제페의 베갯머리로 달려간 페치카의 어머니, 촉촉히 젖은 눈으로 크응 코를 풀고는, 우리 모녀가 정말 신세 많이 졌습니다, 하며 꾸벅 머리를 숙인다.

"선생님이란 말, 하지 마세요."

쥬제페는 붕대 사이로 소리내어 말했다.

"그런데, 천식은 완전히 나은 것 같네요."

"맞아요. 오~라오, 랄라, 노래~가, 룰랄라, 고쳐~주~었~죠~, 얏호!"

알토는커녕 테너, 아니 베이스야, 틀림없어, 베이스.

"선~글라~스도~, 빠빠, 마~암에 들~어~, 빠야빠."

페치카의 어머니가 3개월 뒤에 트위스트 두목의 카바레에 데뷔하여 이 거리 최고의 인기를 누리게 될 것이라는 사실, 그때만 해도 아무도 짐작하지 못하고 있었다.

"쥬제페는 오늘 아침부터 겨우 상반신을 일으킬 수 있게 됐어요."

페치카는 가슴께에서 손을 마주 비비며 말했다.

"그러니까, 엄마. 부탁이에요, 너무 피곤하게 하면 안 돼요."

"그야, 말 안 해도 안다."

페치카의 어머니는 그렇게 대꾸하고 딸의 의자에 걸터 앉았다. 의자는 거대한 엉덩이에 완전히 가려져서 보이지 않는다.

"안다니까. 딱 한마디, 고맙다고 인사하러 온 것뿐이야."

그리고 페치카의 어머니는 날이 저물 때까지 계속 수다를 떨었다. 이런 천식환자는 아마 본 적이 없을 것이다. 페치카의 어머니가 늘어놓는 긴 이야기와 군데군데 페치카가 맞장구치는 말을 듣고 나니, 쥬제페와 매트 밑의 쥐는 그간의 과정을 모두 이해할 수 있었다.

*

　페치카란 아가씨는 본래 미신을 잘 믿는 편이 아니었다. 점이나 주술, 사후의 세계 같은 이야기에는 애초에 관심도 없었고, 그보다는 눈앞에서 펼쳐지는 이 세상 속에서 자신과 자신의 소중한 사람들이 어떻게 살아갈지, 그 일만으로 머리가 꽉 차 있었다. 재봉, 도시락 만들기, 학교 급사, 소중한 하키 팀……. 어머니의 치료를 위해 이 거리로 오고 나서도 그건 마찬가지였다. 허둥대는 사람들로 번잡한 거리, 낯선 외국어, 일, 게다가 병간호. 이 세상은 바빠서 브레이크를 걸 틈조차 없었다. 페치카는 열심히 앞으로 미끄러져 나아갔다. 이제 조금만 있으면 타탄 선생님을 만날 수 있다는 것을 생활의 활력소로 삼아 이 세상을 발로 차며 미끄러져 나아갔다.

　하지만, 사고에 대해서 알게 되었을 때, 학생들 모두가 서명한 그 편지를 다 읽은 순간 페치카는 그만 넘어지고 말았다. 발 밑의 스케이트 링크가 갑자기 보이지 않았다. 아무리해도 그 사고를 있는 현실 그대로 받아들일 용기가 솟아나지 않아, 혹독한 이 세상과 진저리나는 현실로부터 눈을 돌리고 싶었다. 페치카는 진심으로 그러고 싶었다.

친구가 안 생긴다고? 아니었다. 원하지 않기 때문이었다. '나 자신과 어머니, 이 둘만으로도 내 세계는 힘에 겨워!'

페치카는 2년 동안, 홀홀 단신으로 살았다. 낮에는 거의 말없이 지냈다. 어머니 병문안을 가서도 마찬가지였다. 말을 하지 않는 딸과 천식에 걸린 어머니는 힐끗힐끗 무거운 시선을 주고받을 뿐이었다.

밤이 되면 타탄의 사진 앞에서 방싯방싯 웃으며 말을 걸었다. 오늘 시합은 어땠어요? 난 그렇게 많이 먹지 않아도 괜찮아요. 올해 합숙할 곳으로는 어디를 골랐나요? 말해 줘요, 타탄 선생님.

분수 옆에서 샌드위치를 한 손에 들고 멍청한 표정을 짓고 있는 남자를 보았을 때, 어째서 웃음이 나온 걸까? 페치카는 알 수 없었다. 모르는 사이, 가슴 속에서 꽃봉오리가 터지듯 웃음이 솟아났다.

오늘 나 웃었어요, 하고 그날 밤 페치카는 타탄의 사진에 대고 말했다.

며칠 뒤, 그 남자는 갑자기 동물원에 나타나 페치카가 놓쳐 버린 풍선을 잡아다 주었다.

쥬제페.

남자는 이렇게 자신의 이름을 소개했다.

왠지 이 사람은 괜찮다는 느낌이 들었다. 이 사람은, 이 혹독한 세상과 별로 관계가 없어 보인다. 이 사람에게라면 내 작은 세계를 이야기해도 상관없겠어. 다음 날 아침, 사람들로 북적거리는 거리에서 그 남자와 마주쳤을 때, 페치카의 입은 자연스레 열렸다. 뭔가에 홀린 듯이 자신이 이렇게 부르는 소리가 들렸다.

쥬제페.

그러자 남자는 자신에게 친숙한 말로 친구가 되고 싶다고 말했다.

페치카는 봇물이 터진 듯 얘기를 쏟아 냈다. 자신이 지금까지 걸어온 길, 그리고 장래의 소중한 꿈까지. 페치카는 이 세상의 싫은 일들만 빼면 모든 것을 말할 수 있을 것 같았다. 쥬제페는 사과를 주었다. 페치카는 이 거리에 와서 처음으로 뭔가를 맛있게 먹은 것 같았다. 사진 속의 타탄 앞에도 그 사과를 놓아 두었다.

쥬제페는 말수는 적지만 남의 말을 잘 들어 주는 즐거운 남자였다. 공원이나 길거리에서 이 사람 저 사람 그에게 말을 거는 것을 보면 거리의 사람들도 그를 좋아한다는 걸 알 수 있었다. 게다가 쥬제페와 사귄 후 자신의 주위에 신기한 일들이 꼬리를 물고 일어나기 시작했다. 내 손이 닿지 않는 이 세상도 언제까지나 나쁘지만은 않을지도 몰라, 하는 생각이 들었다. 페치카는 이제 공원이나 시장 사람들과도 농담을 주고받게 되었다. 잉꼬의 깃털은 밝은 색으로 털갈이를 했다.

타탄 선생님이 처음으로 창가에 왔던 밤.

페치카는 무슨 일이 있었던가, 기억이 다 나지 않을 정도로 이성을 잃고 말았다. 선생님을 만나고 싶다는 소망, 이루어지리라 믿지 않았던 그 소원이 이 세상에서 정말로 이루어지다니. 내가 정신이 어떻게 된 걸까? 어쩌면 환상이 아닐까? 하지만 창문 너머 타탄 선생님이,

"내가 사로잡혔던 것은, 특히 너야."

라고 말해 주었을 때 페치카는 그 말을 믿기로 했다. 그것은 늘 듣고 싶어했던 말이기 때문이다. 눈앞의 타탄 선생님을 믿을 테야. 타탄 선생님은 살아 돌아온 게 아니야, 틀림없이 죽었어. 하지만 죽은 사람의 말이기 때문에 믿지 말아야 하는 건 아니잖아?

다음 날 낮이 되자 페치카는 시장에서 쥬제페를 찾았다.

오늘 쥬제페를 만나면 타탄 선생님과 그 사고에 대해서도 다 이야기해 버릴 것 같은 예감이 들었다. 어째서인지는 모르겠지만, 왠지 지금이라면 모든 것을 이야기할 수 있을 것 같았다. 쥬제페도, 처음엔 깜짝 놀라겠지만 결국은 잘 됐구나, 하고 웃어 줄 것이다.

하지만 쥬제페는 아무 데도 없었다. 그렇게 매일 만났었는데……. 페치카는 맥이 빠져서 외국에라도 간 건가 하고 생각했다. 그리고 낮에는 일에 열중하고 밤이면 창가에서 타탄 선생님을 기다렸다.

그 일이 일어났던 날 아침 페치카는 직접 만든 하얀 오버코트를 입고 시장으로 가고 있었다. 추운 나라에서 자란 페치카조차도 발목이 빠져 중심을 잡기 힘들 정도로 눈이 쌓여 있었다. 거리 저 건너편에서 트위스트 두목이 다가오고 있었다. 셔츠 한 장만 걸친 얇은 복장에, 끝이 불쑥 위로 향한 이상한 모양의 스키를 타고 있다.

"여어, 야아, 바깥분은 어떠신가?"
하고 말을 건네온다.

빚을 진 탓에 얼굴은 알고 있었지만, 그가 무슨 짓을 벌일지 모른다는 생각에 페치카는 무시하고 지나치려 했다.

“이봐, 이거 너무 냉정한 거 아냐? 내 아끼는 벗의 신부
가!”

무슨 소릴? 이 별난 깡패가. 페치카는 계속 걸어가면서
대꾸했다.

“내가 누구 부인이라고요?”

“이거 놀랐는걸!”

트위스트 두목은 스키도 잘 탔다. 스윽 매끄럽게 페치카
의 옆에 와서 멈춘다.

“너, 페치카, 네 남편 말야. 사로잡힌 남자 쥬제페를 모를
리 없을텐데…요?”

으름장을 놓을 양으로 기세 좋게 얼굴을 바짝 들이댔건
만, 코앞에서 보는 페치카의 아름다움에 그만 넋이 나가서
는, 자기도 모르게 정중한 말투로 얼버무리고 말았다. 그러
나 놀란 것은 페치카도 마찬가지였다. 남편? 아끼는 벗, 쥬
제페? 더구나, 뭐? 무슨 남자라고?

“이봐 이봐, 농담 아냐.”

트위스트 두목은 멈춰 서서 그 유명한 사로잡힌 남자가
얼마나 멍청하게 이런 저런 것들에 사로잡히는지에 대해,
그리고 꿈 같은 전설 몇 가지에 대해 자신이 알고 있는 대로

낱낱이 얘기를 해 주었다. 페치카는 눈을 동그랗게 뜨고 믿을 수 없다는 표정을 지었다. 두목은 물론 그녀의 빚과 곤충 표본에 얽힌 이야기도 했다.

"어째서?"

멍하니 페치카가 입을 연다.

"도대체 왜 쥬제페가 그런 일을? 더구나 쥬제페는 바보가 아니에요. 정말 얌전한 양 같은 사람이에요."

헉! 못 말리겠네! 트위스트 두목은 뒤엉킨 파마머리를 긁적이더니, 그 누구보다도 쥬제페를 잘 알고 있을 그 레스토랑 주인에게로 페치카를 데리고 갔다.

"얘기 좀 해 줘!"

트위스트 두목은 몸부림을 치며 거듭 요구했다.

"얘기해 줘, 할아범, 빨리, 모두 다. 나의 벗 쥬제페의, 저 멋진 바보짓을 말야!"

레스토랑 주인은 테이블에 앉은 페치카를 지긋이 바라보더니 아주 기쁘다는 듯이 이야기를 풀어 놓았다. 그의 발음은 외국인인 페치카의 귀에도 무척 듣기 쉬운 울림으로 부드럽게 다가왔고, 페치카는 정말로 오랜만에 뱃속에서 솟아나는 웃음을 웃을 수 있었다.

쥬제페, 이상한 사람!

그렇게 열심히 여러 가지 것에 까닭도 없이, 터무니없이 사로잡히다니. 난 그저 말이 없고 평온한 사람이라고만 생각했는데.

삼단뛰기에, 탐정놀이.

외국어? 그랬구나, 그래서 나에게 말을 걸어 주었구나.

수수께끼. 땅콩던지기라니, 그게 뭔데?

새앙쥐 사육? 아아, 쥬제페가 기르는 그 예쁜 새앙쥐. 정말 유쾌해. 안경 수집에 오페라까지.

어?

"안경 수집에, 오페라라고요?"

페치카는 의자를 박차고 일어섰다.

"맞아 선글라스 수집에 한동안 정신없었지. 하지만, 페치카. 이미 늦었어."

두목은 빙그르르 스텝을 밟으면서 말했다.

"그게 누구더라, 하여간 몽땅 줘 버렸다지, 아마. 정말 바보라니까. 나한테 맡겼으면 수영장 딸린 멋진 집을 한 채 세워 주었을 텐데."

페치카는 마지막까지 듣고 있을 수가 없었다. 막상 일이 벌어지면 배짱이 두둑해지는 건 페치카도 쥬제페와 꼭 닮았는데… 바야흐로 일은 벌어지고 있었다. 온 거리를 손에 쥐고 흔드는 트위스트 두목에게 불쑥 얼굴을 갖다 대더니, 페치카는 말했다.

"저… 두목은 쥬제페의 친구죠?"

"으응, 그렇고 말고. 이 거리는 그 녀석의 거리……."

"그럼, 친구의 친구는 서로 친구가 되겠네요?"

"물론, 그렇겠지."

페치카는 부모에게 물려받은 빠른 말투로 말했다. 당장 속도를 낼 수 있는 자동차를 한 대 대령해서 산으로 데려다 달라고, 그러니까 같이 어디를 좀 가자고 단호하게 요구했다.

3분 뒤, 휘몰아치는 눈보라를 뚫고 겨울 랠리용 레이스카가 저 멀리 달려가는 것을 배웅하면서, 레스토랑 주인은,

"아이구, 이번만큼은 나도 쥬제페의 심정을 충분히 알겠는걸."

하고는 고개를 좌우로 저으며 웃었다.

"저런 미인이라면, 사로잡히고 말지, 암."

요양소에 도착했을 때는 저녁 무렵이었다고 한다. 주차장까지 멍청한 노랫소리가 간혹 울려퍼져 왔다.

한 달 전부터 페치카의 어머니에게는 작은 소리로라면 말을 해도 좋다는 허가가 내려졌지만, 그래도 페치카는, 됐어요, 하고 어머니의 입에 오른손을 살짝 갖다 대고 막으면서, 고개를 끄덕이든가 흔들어서 답해 줘요, 라고 말했다. 페치카는 가을에 공원에서 쥬제페와 둘이서 찍은 사진을 꺼내,

"엄마가 말한 방랑하는 의사 선생님, 이 사람이에요?"

페치카의 어머니는 물을 뒤집어쓴 코끼리마냥 좌우로 심하게 고개를 흔들었다.

"그래요……."

페치카는 왠지 실망한 듯한 표정으로 웃음을 지으며,

"그렇지요, 그런 일이 있을 리가……. 잠깐! 뭘 하는 거예요, 엄마!"

페치카의 어머니가 사인펜으로 사진에 낙서를 하고 있었다. 얼굴 아래에 수염을 그리고, 붕대 같은 터번머리를 만들어 놓았다. 어머니는 딸의 손을 뿌리치고 무릎 위의 사진을 가리키더니,

"틀~림 없어~, 이~분~이야~, 페치카~!"
하고 베이스 톤으로 노래했다.

페치카는 기쁘기도 하고 부끄럽기도 한 나머지 졸도할 지

경이었다. 기쁜 것은 쥬제페가 한 행동이 자랑스러웠기 때문이고, 부끄러운 것은 그런 쥬제페를 지금까지 전혀 눈치채지 못했기 때문이다.

"어디 있나요, 쥬제페."

페치카가 혼잣말을 했다.

"이번에 만나면, 많이 많이 고맙다고 인사할 텐데."

그때 옆 침대에서 선글라스를 낀 소년이, 성공, 하고 소리쳤다. 침대 위에서 깡충깡충 튀어오르는 그 아이의 귀에 이어폰이 끼워져 있다. 간호사가 "이놈…" 하고 오페라 곡조로 타이르며 다가온다. "라디오~는, 랄라, 금지라고~, 라랄라, 말했을 텐데~."

"하~지만~, 트랄라, 대~회~, 라랄라, 결승저~언인~걸~요, 랄랄라! 그~가~, 트랄랄, 고~올을, 넣~었어~요, 라랄라, 방~금~요!"

아아, 그래, 하고 페치카는 기억해 냈다. 오늘밤에는 프로 아이스하키 세계 1위를 결정짓는 결승전이 있다. 이 아이가 지금 응원하고 있는 저 유명한 포워드 선수는 분명 타탄 선생님의 제자였어. 타탄은 페치카의 학교에 오기 전까지 프로팀 선수 겸 코치였다. 어린 페치카는 잡지에 실린 그의 사진을 오려내서 노트에 끼워 놓았었지. 굉장한 슬랩 숏을 치기 때문에 선생님의 손은 언제나 굳은 살로 딱딱했었다.

페치카는 그 손바닥을 생각한다. 그래, 어젯밤 만난 선생님 손바닥의 굳은 살도 상당히 심했었지. 유리 너머에 있었지만 나는 알 수 있었어. 연습 뒤에는 언제나 내가 그 굳은 살을 베어 주곤 했었어. 그리운 선생님의 손바닥인걸.

선생님의 손?

페치카는 숨을 꿀꺽 삼켰다. 무릎이 희미하게 떨리기 시작했다.

몇십 장의 사진, 그리고 실제로 링크에서 본 플레이 모습, 그 어느 것을 다시 생각해 보아도 타탄 선생님은 슬랩 숏을 몸 오른쪽에서 쳤다. 그야 그럴 수밖에, 타탄 선생님은 오른손잡이인걸.

그럼, 도대체 어째서?

어째서, 매일 밤 찾아오는 선생님의 지독한 굳은 살은 왼쪽 손바닥에 생겼을까?

페치카는 머릿속에서 열심히 기억을 더듬었다.

그, 말하는 투와 따뜻한 미소. 틀림없어, 그건 타탄 선생님이야. 영양가 있는 음식, 여행과 책 이야기. 아이들과 그

부모에 대한 애정 어린 비판. 그것이 타탄 선생님이 아니라니, 그럴 리가 없어.

"페~치카~, 물~ 마시~겠니~?"

페치카의 어머니는 낭랑한 목소리로 노래하듯 말했다.

"너, 너~무~, 바바방, 얼~굴~색이~, 안~ 좋구~나."

페치카의 머릿속에는 여러 가지 풍경이 빙빙 떠돌았다. 사다리 위에서 타탄 선생님은 훌륭하게 스틱을 휘둘러 보여 주었다, 왼손으로. 흐린 유리에 하키의 포메이션을 그려 보였다, 왼손 손가락으로. 유리창 너머로, 굳은살투성이인 두터운 손바닥을 페치카의 작은 손에 겹쳐 놓기도 했다. 그 온기는 아직도 페치카의 손바닥에 남아 있다. 그것은, 그래, 틀림없이 왼손 손바닥이었어.

매일 밤 그렇게 꽁꽁 얼어붙은 추운 거리를 홀로 걸어와서 높디높은 사다리에 올라, 나에게 말을 걸고 때로는 야단치고… 타탄 선생님 이외에 누가 그런 걸 한다는 거야? 그런 바보 같은 행동을. 죽은 선생님의 흉내를 내다니, 마치 뭔가에 사로잡힌 것처럼…….

"쥬제페!"

그래, 사로잡힌 것처럼!

페치카는 소리질렀다. 등줄기를 타고 삐릿 하는 전율이
흘렀다.

이제 모든 것을, 하나도 남김없이 알 것 같았다. 페치카에
게는 모든 것이 보였다.

왼쪽, 왼쪽, 오른쪽! 사로잡힌 남자의 훌륭한 삼단뛰기.

자신의 발 밑에, 이미 오래 전부터 펼쳐져 있던 투명하고
아름다운 이 세상의 얼음.

얼음 위에서 페치카의 발은 떨지도 않고 곧바로 쭉 뻗어
있다. 페치카는 이미 새 스케이트를 신고 있다. 그것은 발에
아주 익숙하다. 그것은 브레이크 없이 오로지 열심히 앞으
로 앞으로 미끄러진다. 그리고 그것은 페치카가 넘어지지
않도록 얼음과 그녀 사이에 이를 악물고 서 있다.

내가 사로잡힌 것은, 특히 너야.

"쥬제페, 쥬제페, 아아, 쥬제페!"

페치카는 마룻바닥을 발로 차며 달려나갔다. 아연해하는
어머니를 남기고 대합실로 돌진했다. 댄스 잡지를 펼쳐들고
있는 두목의 팔을 떨어져라 잡아채고, 레이싱 카에 던져 넣
었다. 밖은 이미 어두웠다. 아마도 이 겨울 가장 추운 날일
것이다.

"쥬제페, 쥬제페, 어쩌면 좋아, 아아, 쥬제페!"

운전은 페치카가 했다. 경사진 눈길에서는 더욱 스피드를 내서 곧장 달렸다. 긴급 사이렌을 울리며 달리라고, 옆 좌석의 두목이 소리소리 지른다.

"갱이면 갱답게 굴어요. 이 정도로 징징대지 말란 말예요!"

캄캄한 한밤중, 얼음으로 뒤덮인 거리로 미끄러져 들어선 사이렌 랠리 카는 좁은 거리 위에서 팔자달리기를 하며 몇 개의 모퉁이들을 돌아서 엄청난 속도로 내달렸다. 주저없이 공원 속으로 달려들어 아이스반을 점프하며 나아간다.

드디어 벽돌집이 보인다. 창가에는 사다리째 얼어붙어 새하얗게 변한 쥬제페가 있었다. 사람이라기보다 그것은 높은 하늘 위에서 하얗게 굳은 그 어떤 물체로 보였다. 페치카는 차에서 튀어나와, 얼음 위를 전속력으로 미끄러져 달린다. 도중에 그리운 누군가의 목소리가, 안녕히, 라고 말한 듯한 느낌이었다. 페치카는 다리에 더욱 힘을 주고 브레이크를 거는 일도 없이 오로지 앞으로, 앞으로, 발 밑의 얼음을 차고 또 찼다.

하얀 쥬제페가 밑으로 떨어진다. 그때, 페치카는 분명히

들었다. 쥬제페가 자신의 이름을 불러 주는 것을. 페치카는
크게 소리쳤다.

"쥬제페!"

받아 든 쥬제페의 몸은 마치 눈송이같이 가벼웠다. 아마
내 몸무게의 절반밖에 안 됐을 거야, 라고 페치카는 나중에
과장되게 머리를 흔들었다. 나를 맞이하러 온 것이 눈길용
랠리 카 아니었겠어? 게다가 이 황당한 처자가 아니었으면
그 바보 같은 젊은이는 분명 죽었어, 의사 선생님은 그렇게
말하며 눈썹을 치켜 떴다.

*

어머니가 돌아온 다음 날 아침 일찍, 수프 접시를 한 손에
든 페치카는 쥬제페가 누워 있는 잠자리를 향해 몸을 숙이
고 말했다.

"정말 고마워요."

쥬제페는 몸을 일으켜,

"나야말로, 이런… 간호를 받다니."

하고 대답했다.

"조용히!"

페치카는 얼굴을 찌푸렸다가 이내 표정을 풀고는,

"어쨌든 완전히 나을 때까지 우리 집에 있어야 해요!"

하고 말했다. 물을 뜨러 복도로 나간 페치카의 멀어져 가는

발소리를 확인한 새앙쥐가 매트 속에서 쿡쿡 웃으며,

"고맙단 인사가 아니야."

하고 말했다.

"저건 고맙단 인사가 아니라구."

"시끄러워."

쥬제페가 말했다.

"병자 앞이야, 좀 조용히 해 주지 않을래?"

오늘 아침은 레스토랑 주인이 감자를 주셨어요, 페치카의

목소리가 복도에서부터 들려왔다. 식당 주인들이 요리법을

알고 싶어 안달한다는, 어머니가 직접 전수해 준 감자 수프,

기대하세요!

"에구구구!"

새앙쥐의 목소리는 진짜로 어이없어하는 듯했다.

"어리석은 사로잡힌 남자와, 어리석은 사로잡힌 여자가

잘도 만났군!"

쥬제페는 베개에 머리를 파묻었다. 새장 안의 잉꼬는 확

실히 새앙쥐가 말한 대로 머리에 나사가 하나 빠졌는지, 꾸억꾸억 소리밖에 내지 않는다. 쥬제페는 벽에서 시선을 돌린다. 그곳에서는 이제 예전에 붙어 있던 사진들을 볼 수 없다.

그야, 물론, 쑥스럽기도 했다.

어디서 끌어 모았는지 삼단뛰기 경기대회의 모습, 탐정 때의 모습, 헐렁한 아이스하키 유니폼을 입은 모습, 오페라를 낭랑하게 부르는 모습… 온갖 쥬제페의 사로잡힌 모습을 담은 사진들이, 두 개의 벽면을 가득 메우고 있었다. 그리고 한가운데에는 공원에서 찍은 두 사람의 사진, 페치카의 어머니가 낙서한 바로 그 사진이 붙어 있다.

"완성, 이에~요!"

페치카가 노래하며 방으로 들어온다.

"좀 많이 만들었는데, 다 먹어요, 쥬제페."

"저어, 페치카."

쥬제페가 물었다.

"눈은 아직 남아 있어?"

페치카는 창 밖을 내다본다.

"네, 남아 있어요."

"그래도, 하늘은 아주 맑지?"

"어머, 그걸 어떻게 알죠?"

페치카는 쥬제페를 돌아다보며 웃었다.

어떻게 아느냐고? 그런 건, 페치카의 얼굴을 보면 금방 알 수 있다. 아주 작은 먼지도, 그 먼지만큼의 어둠도 전혀 없는 환하게 밝은 페치카의 미소를 보면.

알겠지?

완벽한 봄이 온 거야.

*

그 후의 이야기를 들려 달라고?

그런 건 성미에 안 맞지만, 까짓 거 특별 서비스로 말해 주지.

그로부터 여러 가지 일이 있었다.

페치카의 어머니는 가수가 됐다. 굉장하다. 최근에는 '마마즈'라는 그룹을 결성하여 국립가극장에서 노래한다는데, 세계 순회 공연을 한다는 소문까지 있다. 레코드 재킷 사진을 어떻게 할지를 놓고 마마즈랑 회사 사이에 큰 갈등이 일고 있긴 하지만.

트위스트 두목은 곤충 쟁탈 총격전에서 하복부에 큰 부상을 입었다. 그래서, 춤을 못 추게 되면 큰일이라며 일선에서 깨끗이 물러났다. 곤충이나 갱보다도 트위스트 두목은 역시 트위스트를 추는 두목인 거다. 트위스트의 명소로 건너갔다고 들었는데, 그게 도대체 어디지? 좀 가르쳐 주었으면 좋겠는데.

레스토랑은 아무것도 변한 게 없다. 주인도 단골손님들도 옛날 그대로. 그래, 이렇게 아무것도 변하지 않는 레스토랑이 실제로는 정말 멋진 곳이란 사실을 아는지?

정육점? 아아, 사람 좋은 그 정육점 주인? 부인이랑 아이 셋을 남기고 세탁소의 어린 처자랑 도망을 쳤다. 경마장에서 술집을 한다지, 아마.

새앙쥐는 자손을 여기 저기에 많이 퍼뜨렸다. 언젠가 당신이 이 거리에 왔을 때, 하수구나 다락방에서 재잘재잘 애깃소리가 들려올지도 모른다. 귀를 기울여 보길. 단, 모두 아버지를 닮아서 빈정거리길 좋아하니까, 무슨 말을 듣게 되더라도 화내지 말도록. 당사자인 새앙쥐는 지금도 건강하게 읽고 쓰고, 게다가 최근에는 그림도 그린다고 한다. 당분간은 휴가라서 새앙쥐의 낙원이라나 뭐라나 하는 곳에 갔다. 실은, 여기 쓰여진 이야기도 상당 부분 새앙쥐가 보내

준 그림엽서를 근거로 해서 쓴 거다.

그리고 또, 이 자리에 모인 조금 삐딱한 여러 분이 알고 싶은 거라면, 아아, 알았다. 쥬제페가 페치카 다음으로 사로잡힌 게 뭐냐는 것이겠지? 이렇게 너무 잘 빠진 결말로 끝난다면 좀 바보 같다는 생각이 든다, 이거지? 뭐가 완벽한 봄이야, 혼자 들뜨지 말라고? 삼단뛰기를 시작했을 때처럼 어느 날 문득 쥬제페는 또다시 뭐가 다른 것에 사로잡히게 될 거라구? 그래야 진정 사로잡힌 남자라는 거지?

결국 이런 말이 하고 싶은 게 아닌가?

어~이 쥬제페, 사로잡힌 남자! 이번에는 뭐지?

도대체 뭐에 사로잡혔냐고?

미안.

기대를 배반했다고 흥분해도 어쩔 수 없다. 아쉽게도 그렇게는 되지 않았다. 아, 좀 기다려. 계속 들으라고. 한번 생각했으면 한다. 문제는 쥬제페 한 사람이 아니다. 페치카. 이 아가씨를 잊지는 않았을 것이다. 그렇다면 이 아가씨도 역시 결국에는 바보 같은, 사로잡힌 여자였다는 사실도 기억하는지.

그 둘은 지금도 세계에서 가장 센 자석처럼, 세계에서 최고로 딱딱한 얼음에 싸여 있는 것처럼, 서로가 서로에게 완벽하게 사로잡혀 있다. 그리고 작년에 둘이서 그토록 바라고 바라던 빵집을 열었다.

그래 그래, 잘난 척해서 미안. 빵집까지 가는 길을 그려 줄 테니까, 그 정도로 좀 참아 주기 바란다.

그 빵집, 맛있냐고?

쥬제페와 페치카가 연 빵집의 명물은 아주 평범한 몽실몽실 빵이다. 양손으로 쥐고 살짝 당겨서 한가운데를 갈라 보시라. 솜사탕 같은 김이 올라갈 테니. 뭐, 내 생각으로는 이 세상에 그 김만큼 맛있는 건 달리 없지 않나 싶다.

내가 처음 이 소설을 읽고 퍼뜩 떠오른 이미지는 씨줄과 날줄이다. 씨줄은 말하자면 사람들이 거기에 목을 매고 사는, 일상의 먹고사는 삶이다. 그러나 씨줄만으로 된 인생은 그 씨줄이 아무리 길고 튼튼해도 옆에서 당기면 맥없이 풀어진다. 그런 의미에서 우리가 한때의 열병으로 치부하는 환상과 사랑은 인생의 날줄이다. 그 기억이 언제나 우리 속에 남아 인생을 생기 있게 묶어 주기 때문이다. 이시이 신지 씨는 소설 속의 주인공 쥬제페를 통하여 그러한 인생의 묘미를 우리에게 상기시켜 준다.

쥬제페는 웨이터다. 그러나 그는 사로잡히는 기회가 오면 결코 놓치지 않고 사로잡히고야 만다. 오페라에 사로잡혀 노래와 춤 속에 살기도 하고 삼단뛰기에 빠져 챔피언처럼 높이 뛰어오를 수도 있다. 그의 삶이 재미있고 때로 부러워지기도 하는 것은 그의 인생이 일상의 씨줄과 일탈의 날줄이 엮인 생기를 갖고 있기 때문이다.

그러나 그러던 그가 정말 목숨을 걸고 빠져 버린 것은 아름다운 소녀 페치카, 사랑의 날줄이다.

이때부터, 생쥐만이 유일한 친구인 쥬제페, 이국 땅의 군중 속에 홀로 서서 풍선을 파는 페치카, 학생들을 살리기 위해 외로운 죽음의 길에 몸을 던진 타탄 등의 이미지를 통하여 현대인의 고독과 그것을 감싸주는 깊고 따뜻한 사랑의 이야기가 전개된다. 이 지점에서 사랑은 이제 단지 한 개인이 아니라 현대인의 고독을 감싸 주는 보편적인 날줄이 된다.

이 겨울, 이시이 신지 씨의 톡톡 튀는 이야기를 독자들과 함께 나눌 수 있게 되어 기쁘다.

선뜻 번역 출간을 결정한 다우출판사 고용석 사장님과 편집부 식구들에게 고맙다. 마지막으로 얼마 전 직접 대면해 본 작가 이시이 신지 씨는, 그 인상이 정말 작중의 쥬제페를 꼭 닮았다는 것도 살짝 전한다.

서혜영